> Streifenlichter <

W0391908

Das Buch

Was gibt es über dieses Buch zu sagen? Von wem wurde es geschrieben? Konfrontiert man die meisten Menschen mit dem Paranormalen, wird man oft für völlig verrückt erklärt. Scheinbar niemand, in dieser rationalen und schnelllebigen Welt, hat Zeit oder den Sinn dafür, einmal hinter den eigenen Horizont zu schauen. Die Dinge sind wie sie sind. Punkt. Alles, aber auch wirklich alles kann heutzutage wissenschaftlich erklärt werden. Was die Wissenschaft oder der rational denkende, menschliche Verstand nicht erklären kann, das gibt es auch nicht. Wirklich? Stefanie Karras ist so ein rational denkender Mensch. Sie steht mit beiden Beinen fest im Leben, hat Job und Familie. Und trotzdem konnte dieses Buch entstehen. Es sind Geschichten aus einem Leben gefüllt von Lernen, Vertrauen, Zulassen und Verstehen. Es zeigt die Entwicklung der Autorin von einem ängstlichen und doch neugierigen Mädchen, zu einer Frau, die ihren Weg gefunden hat und nun bereit ist, hinter bröckelnde Fassaden zu blicken, in eine Welt, die schier unglaublich erscheint und doch so wahnsinnig viel zu bieten hat – wenn man bereit ist, sich darauf einzulassen.

Die Autorin

Stefanie Karras, geboren in Frankfurt (Oder), Brandenburg, ist ein Mensch, der fest im Leben steht, welches ihr immer wieder schwere Prüfungen auferlegt hat. Niemals hätte jemand vermuten können, dass gerade eine Frau wie sie sich, jenseits der kalten Realität, mit Themen befasst, die so gar nicht in das Weltbild des Rationalisten passen würden. Schon früh in ihrem Leben spürte sie, dass irgendetwas um sie herum anders war, als es auf den ersten Blick schien. Sie wusste es nur nicht einzuordnen. Wie auch? Sie war in der Realität gefangen, ohne Zeit zu haben, sich dem zu öffnen, was das so offensichtlich nach ihr suchte. Diese Welt öffnete sich erst im Erwachsenenalter und ist mittlerweile Teil eines unglaublich aufregenden Lebens geworden.

Stefanie Karras

Streifenlichter

Impressum

Stefanie Karras
c/o AutorenServices.de
Birkenallee 24
36037 Fulda

E-Mail: antisiffo@web.de

Cover und Bildbearbeitung:
Daniel
von „Die Geisterakten“

Druck und Bindung: KDP Print

Fotoaufnahmen: Heilstätten Grabowsee
© Stefanie Karras

ISBN: 9781791728915

Für meine Oma

Du warst der Mensch, der mich am meisten geprägt hat.
Du warst da und hast mich das Leben
gelehrt, als meine Eltern es nicht mehr konnten.
Ich habe dich unendlich geliebt und weiß, dass du auch
heute noch jeden Tag bei mir bist.
Ich trag dich tief in meinem Herzen.
Jeden Tag, zu jeder Stunde denke ich an dich.
Du bist da und begleitest mich

bis

wir uns eines Tages wiedersehen!

Inhalt

Vorwort

Die Welt des Übernatürlichen ist eine Welt die im Verborgenen liegt und uns doch täglich umgibt. Es ist die Welt der Verrückten und der Spinner. Auf jeden Fall ist dies eine Welt, die mit der Realität nichts zu tun hat.

Wirklich?

Wie ist das, wenn man nachts Geräusche in den Wänden seines Hauses hört, wenn man meint, schwere Schritte sind in leeren Fluren unterwegs? Was bedeutet es, wenn man an immer derselben Stelle im Wald stehen bleibt, weil einen die innere Stimme eindringlich davor warnt, weiter zu gehen? Ist es gesponnen, wenn nachts das eigene Kind zu Mama und Papa ins Bett schlüpft, weil es überzeugt ist, ein Monster lauert unter Seinem? Ist es wirklich Einbildung, wenn man aus dem Schlaf aufschreckt, weil man die Stimme seiner verstorbenen Großmutter deutlich den eigenen Namen rufen hört?

Zugegeben, ein Monster unter dem Bett habe ich nie gefunden, so sehr ich meine Eltern auch davon überzeugen wollte. Auch die Stimme meiner Großmutter, die nach mir rief, schicke ich eher ins Reich der kindlichen Phantasie, als in die Realität. Und doch blieben immer Zweifel. Zweifel daran, dass die Realität, wie ich sie kannte, nie alles war und ich begann, mich zu fragen, ob ich die Einzige war, die diese Gefühle hatte. Ich wurde neugierig, ich wollte Antworten.

Warum, zum Teufel, kam ich in dem einen bestimmten Waldstück immer nur bis zu dieser einen Weggabelung aber nie weiter? Warum habe ich schon als Kind in einem verlassenen Schloss immer mehr gesehen, als alte Mauern mit Fenstern darin? Ich begriff schon als Teenager, sich mit diesen Dingen zu beschäftigen, ist Heil und Fluch zugleich. Dieses Gefühl, anders zu sein als andere verfolgte mich sehr, sehr lange, wenn auch nur im Stillen.

Während ich auf der einen Seite versuchte diese Welt zu ergründen, mied sie mein rationales, im Leben Halt suchendes Ich auf der anderen Seite so gut es ging. Doch man kann die Dinge, die in einem stecken nicht lange ignorieren und aus seinem Leben bannen.

Im Laufe der Zeit lernte ich viel über diese Welt, das Leben und wie alles zusammenhängt. Ahnungen, die ich in mir trug und nicht bereit war zuzulassen, traten irgendwann eben doch ans Tageslicht. Anfangs wollte ich sie noch beiseiteschieben, hatte sogar Angst vor ihnen. Heute weiß ich, wie gesund diese Angst war und auch manchmal noch ist. Heute weiß ich das. Erfahrungen, die ich machte, haben mich dies gelehrt. Aber ich habe auch einiges an Lehrgeld dafür bezahlt. Ich lernte Menschen kennen, die mich auf diesem wichtigen Weg zur Erkenntnis begleitet haben. Knoten lösten sich, Mauern bröckelten. Ich begann zu suchen, zu erforschen, versuchte hinter die Fassaden zu blicken. Was war da wirklich dran an den Empfindungen, die ich zeitlebens in mir trug? War da überhaupt etwas dran? War es tatsächlich mehr als nur Spinnerei?

Ich begann mich zu öffnen. Zu früh, wie ich feststellen musste. Ich kam in Situationen, in denen ich diese Dinge zuließ und sie mit einer solchen Brachialgewalt über mich hereinbrachen, dass ich die einen Spalt breit geöffnete Tür wieder zuschlug. Mit rasendem Herzen und Tränen in den Augen lehnte ich mit dem Rücken dagegen, während die andere Seite heftig rüttelnd an der Klinke zog. Die eben entdeckten Empfindungen verschwanden wieder hinter dichten Mauern, der bröckelnde Putz wurde erneuert.

Ich war nicht bereit, ich konnte es nicht. Und doch ließ es mich nie ganz los. Instinktiv umgab mich dieses Thema. Es umgab mich immer, ob ich wollte oder nicht. Ich schaute mir Sendungen im Fernsehen an, las Bücher, die mich gefangen nahmen und doch ließ ich diese Welt außerhalb meines Lebens.

Es war ein Dilemma! So sehr mich diese Dinge interessierten, so sehr sie mich gefangen nahmen und nicht mehr los ließen, so sehr verschloss ich mich vor ihnen und es fühlte sich an, als würde ich vollkommen gegen meine Instinkte, gegen meine Natur handeln.

Doch was sollte ich tun? Ich hatte keine andere Wahl, ich wusste nicht im Geringsten damit umzugehen. Meine Empfindungen waren eben *meine* Empfindungen. Ich wusste nicht, wie ich sie jemals einem anderen Menschen nahe bringen sollte, ohne für vollständig verrückt erklärt zu werden.

Ich muss zugeben, noch heute fällt es mir schwer offen über diese Dinge zu sprechen, obwohl sie längst ein Teil meines Lebens geworden sind. Heute kann ich sagen, sie sind ein stückweit Normalität geworden. Aber warum dieser Sinneswandel?

Es war an einem Nachmittag vor über zwei Jahren. Ich hatte eine meiner Sendungen zu diesem Thema im Fernsehen verpasst und suchte im Internet nach einer Möglichkeit, sie mir nachträglich anzuschauen. Doch was ich fand war nicht meine Sendung. Was ich fand war etwas, was meine gesamte Sichtweise zu diesem Thema schlagartig ändern sollte. Es gab Menschen in diesem Land, die sich mit diesem Thema ernsthaft beschäftigten, sie forschten, stellten Fragen und... bekamen Antworten.

Die Geisterakten!

Es gab diese Gruppe zu der Zeit, als ich sie entdeckte, noch nicht sehr lang. Sie steckten quasi selbst noch in den Kinderschuhen. Und doch war das der Moment, an dem ich anfing erneut nachzudenken.

Vielleicht war diese Welt, vor der ich bis zuletzt versuchte zu fliehen, gar nicht so schrecklich? Vielleicht war sie es doch wert, sich darauf einzulassen? Aber noch wusste ich nicht, wie.

Schon als ich Daniel das allererste Mal anschrieb, wusste ich, dass ich eine Begegnung gemacht hatte, die einen sehr wichtigen Teil meines Lebens für immer verändern würde. Woher ich das wusste? Keine Ahnung! So ist das eben mit diesen Empfindungen...

Manche Dinge weiß man einfach. Inzwischen ist er einer der Menschen in meinem Leben, denen ich am meisten vertraue und das nicht nur, weil er mit den Geisterakten meine verborgene Welt und alles, was damit zusammenhängt, Normalität werden ließ. Heute würde ich sagen, plötzlich reifte ich mit den Erfahrungen und plötzlich begann ich, wirklich zu sehen.

Das alte Schloss war nicht mehr nur ein Schloss und ein Nebel durchzogener Wald nicht mehr nur eine Ansammlung von Bäumen. Plötzlich waren da Bilder in meinem Kopf und Gerüche, die ich wahrnahm. Es waren Geschichten, die sich mir wie von selbst erzählten.

Heute weiß ich, es waren Streifenlichter, die kurz aufleuchteten. Sie wiesen mir meinen Weg, zu eben jenem Punkt, an dem ich heute stehe und mich die Seiten dieses Buches betrachten lassen. Nun endlich ist es an der Zeit sie zu ehren. Mein ganzes Leben lang waren sie an meiner Seite, haben geduldig gewartet, bis ich bereit war, sie zu erkennen.

Meine Streifenlichter - ein roter Faden durch ein Leben voll von Erfahrungen, Entscheidungen und gezogener Konsequenzen. Es ist ein Leben mit Blick durch das Schlüsselloch in eine Welt jenseits des Hier und Jetzt und doch mitten unter uns.

ANGST

„Herzlich willkommen bei uns. Ich wünsche Ihnen einen wunderschönen Aufenthalt in unserem Haus", flötete die unglaublich edel gekleidete Rezeptionistin ihr entgegen, als sie müde und überhaupt nicht gut gelaunt den Zimmerschlüssel entgegen nahm. Trotzdem rang sie sich mühevoll ein Lächeln ab, hob ihren Koffer an und schleppte ihn in die oberste Etage des kleinen Hotels. Warum hatte sie eigentlich nicht den Fahrstuhl genutzt? Kurz grübelte sie. Gab es den überhaupt? Ihr fiel auf, dass sie sich nicht mal die Mühe gemacht hatte, das heraus zu finden.

Langsam lief sie den langen Flur entlang, der nur aus Zimmern zu bestehen schien. Weiße Türen aus edlem, nicht mehr ganz neuem Holz, wechselten sich links und rechts von ihr ab und sie zählte mühsam die goldenen Nummern ab, bis sie schließlich vor ihrem Zimmer stand. 134 prangte, von einem Deckenspot angeleuchtet, auf dem Holz und lud geradezu unerhört fröhlich zum Eintreten ein. Sie drehte den Schlüssel im Schloss und leise sprang die Tür auf.

Im Inneren empfing sie, wie in Watte getaucht, eine Stille, die sie augenblicklich einhüllte und geborgen in Empfang nahm. Sie ließ die Tür hinter sich ins Schloss fallen und den Koffer auf den Boden plumpsen. Was wollte sie hier überhaupt? Sie war ganz allein, kannte niemanden und eigentlich war das alles so anders geplant gewesen. Der große Knall zu Hause war noch keine 8 Stunden her.

„Dann hau doch ab!", hatte sie ihm ins Gesicht geknallt und er war wütend aus der Haustür gestürmt.

So wie heute hatten sie sich noch nie gestritten. Was war geschehen?

Natürlich war es wieder mal darum gegangen, dass scheinbar nur die Arbeit zählte.

Die verdammte Arbeit stand über allem und sie steckte zurück. Immer wieder. Und immer wieder schweigend und das nun schon über mehrere Jahre.

Sie hatten diesen Urlaub als einen romantischen Ausflug geplant, als er wieder mal mit der Nachricht gekommen war, alles canceln zu müssen, da der Job mit ihm andere Pläne hatte. Nur dieses Mal hatte sie nicht schweigend zurückstecken wollen. Dieses Mal hatte sie Widerworte gegeben. Ein Wort hatte das andere gegeben, er war aus der gemeinsamen Wohnung gerannt und sie hatte beschlossen, die Reise eben allein anzutreten. Wie ein trotziges Kind war sie sich vorkommen, als sie wortlos und in Tränen aufgelöst wahllos irgendwelche Klamotten in ihren Koffer schmiss.

Nun saß sie hier auf dieser edlen, mit rotem Samt überzogenen Couch, in dem Zimmer, das für sie allein viel zu groß war und starrte auf die Wand ihr gegenüber. Davor stand ein Schreibtisch aus dunklem Holz mit einem Fernseher darauf. Das Bild, das über dem Fernseher an der Wand hing, zeigte dieses wunderschöne Schloss, ein Wahrzeichen der Stadt, von dutzenden Scheinwerfern angestrahlt.

Dieses Schloss und seine Geschichte dahinter waren ein Grund, warum sie eigentlich hier Urlaub machen wollte. Es sollte so schön werden. Sie hatte ihn und sich durch grüne Parks streifen sehen. Sie sah sich mit ihm Arm in Arm vorbei an Springbrunnen wandeln, die sie leicht mit Wasser besprenkelten, wenn man ihnen zu nahe kam. Hatte förmlich schon die Gänsehaut auf ihrem Körper gespürt, als sie nur daran dachte. Sie merkte, wie der Kloß in ihrem Hals immer größer wurde und sie sich gegen die aufsteigenden Tränen nicht mehr wehren konnte. War es das jetzt wirklich? Hatte sie ihn mit der Aufforderung, abzuhauen wirklich vertrieben? Für immer? Dann endlich bahnten sich die Tränen ihren Weg und erleichterten sie etwas. Sie stand von der Couch auf und schob sanft die Gardine beiseite, die vor dem bodentiefen Fenster hing.

Ihr eröffnete sich die Silhouette einer wunderschönen Stadt, die sie nun schon fast ihr zweites Zuhause nannte. Sie konnte nicht sagen, warum das so war. Sie fühlte sich einfach nur unendlich verbunden, hätte am liebsten ihre sieben Sachen gepackt und wäre ganz hierher ausgewandert.

Diese Stadt war ihr Zuhause, ganz geheim und tief in ihrer Seele. Sie hatte nie mit jemandem darüber gesprochen, auch nicht mit ihm. Es hätte auch keinen Sinn gemacht, er hätte Deutschland nie verlassen, war ja geradezu mit seinem Job verheiratet. Aber sie... sie wäre bereit gewesen, wenn er nur mit dem Finger geschnippt hätte. Doch das tat er nicht, tat er nie. Er erwartete, dass sie für ihn da war, dass sie ihn verstand und so viele Jahre hatte sie das auch. Nur irgendwann erkannte sie, dass auch sie Bedürfnisse hat und diesen Bedürfnissen hatte sie eben nachgeben wollen. Warum nur konnte er sie nicht verstehen? Warum waren denn nur seine Angelegenheiten die wirklich wichtigen? So konnte und würde es nicht weitergehen. Doch was würde dann werden? War sie wirklich bereit alles aufzugeben? Ihn aufzugeben, nach so langer Zeit? Aber... hatte sie das nicht schon längst getan? Immerhin stand sie hier und blickte allein auf eine Stadt, in der sie mit ihm zusammen sein wollte.

Langsam kroch die Dämmerung über die Dächer der Stadt und tauchte die Häuser in ein orangefarbenes Kleid. Es schien, als würde alles beginnen zu strahlen, während gleichzeitig dunkle Regenwolken unheilvolle Schatten vorauswarfen. Das würde ein ordentliches Gewitter geben, wenn das wirklich hier auf dem Berg ankam. Trotzdem beschloss sie, Wetter Wetter sein zu lassen, zog sich frische Kleidung an und verließ anschließend das Zimmer. Sie hatte nicht vor, in diesem Hotel Trübsal zu blasen, während ein paar Kilometer unterhalb des Berges das Leben tobte. Sie brauchte Ablenkung und die würde sie sich jetzt holen. Sie bat die Rezeptionistin ihr ein Taxi zu rufen.

Wenige Minuten später traf es ein und sie nannte dem Fahrer ihr Ziel.

Ein freundlicher älterer Mann mit graumeliertem Haar lenkte den Wagen geschickt durch die stark befahrenen Straßen und merkte ziemlich schnell, dass er in ihrem Fall weder Touristenführer noch Alleinunterhalter spielen musste.

Sie wollte ihre Ruhe haben, gab Antworten, wie es die Höflichkeit verlangte und blieb sonst mit ihren Gedanken allein.

Nach einigen Minuten gab er alle Versuche einer Gesprächsführung auf und lenkte schweigend den Wagen, jedoch nicht, ohne sie hin und wieder durch den Rückspiegel zu beobachten. Wahrscheinlich wunderte er sich, welch seltsamen Fahrgast er hier zu transportieren hatte.

Nach etwa einer halben Stunde Fahrt erreichten sie die Innenstadt, die nun schon fast vollständig von der Dunkelheit eingenommen worden war.

Der Wind hatte aufgefrischt und wehte ihr die schwarzen langen Haare um ihren Kopf. Fast beiläufig schüttelte sie ihn, als sie aus dem Auto stieg.

„Vielen Dank“, verabschiedete sie sich bemüht freundlich und blickte dabei in das nachdenkliche Gesicht des Fahrers, als sie ihn für seine Dienste durch das Beifahrerfenster entlohnte.

Er druckte ihr die Quittung für den erhaltenen Betrag und reichte ihr den Schein. Sie griff danach, jedoch ließ er nicht los. Stirnrunzelnd sah sie in sein Gesicht.

„Hör mal Mädchen“, sagte er leise, während er weiter die Quittung festhielt, „du bist zu jung für solch trübe Gedanken. Du kannst dein Leben nur verändern, indem du für dich einstehst. Du wirst deine Ziele nur erreichen, indem du von dort losgehst, wo du gerade bist. Vergiss das nie…“

Dann gab er die Quittung frei und sie sah ihn einfach nur still an. Sie wusste nicht, was sie dazu sagen sollte. Woher wusste er was in ihrem Kopf vorging? Woher kannte er ihre Gefühle?

„Mach’s gut, Kleine… vielleicht sehen wir uns ja nochmal.“

Dann schloss er die Scheibe der Beifahrerseite und fuhr wieder an.

Schweigend blickte sie dem Taxi nach, das bald in der Masse von anderen Autos verschluckt wurde. Leise hallten seine Worte in ihrem Kopf nach.

‚Du wirst deine Ziele nur erreichen, indem du von dort losgehst, wo du gerade bist. ‘

Langsam begriff sie, was er ihr damit sagen wollte. Sie trat auf der Stelle, schon viel zu lange. Wenn sie eine Veränderung wollte, konnte sie sie nur selbst herbeiführen. Es war ihr Leben, sie hatte es selbst in der Hand. Doch woher wusste er das? Es schien, als hätte er durch den Rückspiegel mit seinen tiefblauen Augen direkt in ihr Herz, direkt in ihre Seele gesehen.

Nach fünf Minuten stand sie noch immer wie zur Salzsäule erstarrt am Straßenrand und blickte in die Richtung, in die das Taxi verschwunden war. Natürlich war es längst nicht mehr zu sehen und erste Regentropfen fielen in ihr Gesicht. Sie hob den Kopf und schloss die Augen.

Ein leichtes Lächeln umspielte ihre Lippen, als nach und nach immer mehr Tropfen ihre heißen Wangen und die, vor Traurigkeit brennende Seele, abkühlten. Tief sog sie die frische Luft in ihre Lungen, die sich befreiend mit Sauerstoff füllten. Der Regen machte ihr nicht das Geringste aus. Sie begann zu laufen und hatte das Gefühl, jeder Schritt machte es ihr ein bisschen leichter.

Sie liebte es, durch die Straßen und Gassen der Innenstadt zu streifen, vorbei an dem großen Dom und durch die riesige Einkaufsstraße. Sie schloss die Augen, als sie an der weltberühmten Bäckerei vorbeikam und sie beinahe schon auf der Straße den Duft der leckeren Kuchen- und Tortenkreationen wahrnehmen konnte.

Eine Zeitlang lief sie so durch den Regen und bemerkte, wie er nach und nach einige trübsinnige Gedanken und Gefühle fortspülte, und als sie noch etwas weiter gegangen war, blieb sie am Schaufenster eines kleinen Buchladens stehen. Darin hing das gleiche Bild wie in ihrem Hotelzimmer und wieder nahm sie der Anblick des alten Schlosses geradezu gefangen.

Ein Blick auf ihr Handy verriet ihr, dass es vielleicht noch nicht zu spät war. Sie konnte es noch schaffen, auch wenn das Schloss etwas außerhalb lag. Entschlossen nickte sie und suchte die nächste U-Bahn Station auf.

Es war ein weiter Weg, einmal quer durch die ganze Stadt und die Fahrt dauerte eine gefühlte Ewigkeit.

Sie hatte sich in die Ecke einer Vierersitzgruppe gekuschelt und folgte mit ihren Fingern den Tropfen auf dem Fensterglas, die sich ihren Weg nach unten schlängelten. Sie lehnte mit dem Kopf gegen die Scheibe und schloss nach einer Weile die Augen. Die Gedanken rasten vor ihrem geistigen Auge. Sie sah sich, sie sah ihn... wie sie stritten, wie die Haustür flog. Sie sah sich, wie sie wahllos Klamotten in ihren Koffer schmiss und anschließend mit dem Taxi zum Flughafen fuhr. Sie bemerkte, wie die Müdigkeit allmählich in ihre Glieder kroch, sie begann zu frieren und rieb sich ihre klammen Arme.

Dann endlich war es geschafft, sie war am Ziel. Sie verließ die Bahn und folgte ihrem Weg. Inzwischen war es ganz dunkel geworden. So früh im Jahr gaukelte der Tag dem Leben auf diesem Planeten noch so manches Mal vor, die Nacht zu sein.

Ein Blick auf ihr Handy zeigte, dass es trotzdem bereits später Nachmittag, beinahe Abend, war. Unwillkürlich beschleunigte sie ihre Schritte, in der Hoffnung, noch nicht zu spät zu sein.

Ein paar Minuten später stand sie zwischen den majestätischen Säulen dieses riesigen Eingangstores und blickte in die vielen Fenster, die leuchtend in die Dunkelheit hinaus strahlten. Das zarte Gelb der alten theresianischen Residenz leuchtete hell in den Strahlen der Scheinwerfer. Es sah genauso aus, wie auf dem Bild in ihrem Zimmer. Langsam ging sie weiter. Es war hier bei weitem nicht mehr so viel los, wie es tagsüber noch der Fall gewesen sein mochte.

Inzwischen hatte es aufgehört zu regnen. Die dunkle Wolkendecke riss etwas auf und gab den Blick auf einen nicht ganz so schwarzen Himmel frei. Der Weg bis zum Eingang war noch weit und knirschend gab der Kies unter ihren Füßen nach.

Sie ging langsam auf das Schloss zu, versuchte, jeden Moment zu erfassen und alles auf sich wirken zu lassen. Der Anblick zog sie beinahe magisch in ihren Bann, während sie sich vorstellte, wer hier bereits residiert hatte. Sie war wie gefesselt vom Hauch der Geschichte, konnte sich seiner Wirkung nicht entziehen.

Dann endlich erreichte sie den Eingangsbereich, wo eine, etwas müde wirkende und doch immer noch freundliche Dame, sie empfing.

„Tut mir leid, die letzte Führung durch das Schloss haben sie gerade verpasst“, bedauerte sie glaubwürdig, „wenn Sie möchten, können Sie aber noch allein durch die Räume laufen. Ich gebe Ihnen einen Audioguide mit, da erfahren Sie auch alles, was die Führer sonst erzählen.“

Sie stimmte zu, bezahlte und machte sich dann auf den Weg. Der Zugang zum Schlossinneren führte über eine herrschaftliche Treppe, die von einem roten Teppich überspannt war.

Immer noch war es so, dass sie das Gefühl hatte, irgendetwas würde sie in ihren Bann ziehen. Es fühlte sich beinahe an, als würde etwas nach ihr rufen.

Durch die ersten Zimmer lief sie viel zu schnell, achtete kaum auf die Bilder, mit den verschiedenen Herrschaften verschiedener Epochen. Den Audioguide hatte sie noch nicht einmal eingeschaltet. Sie war wie fremdgesteuert und hatte dem nicht das Geringste entgegen zu setzen.

Einen Raum nach dem anderen durchquerte sie, ohne wirklich auf deren Inhalte zu achten. Verschiedene Betten, Stühle, Tische, Bilder und Utensilien unterschiedlichster Art, sie würde das Staubfänger nennen, ließ sie vollkommen unbeachtet. Ihr Herz begann zu rasen und ihre Beine zu zittern. Sie konnte sich dem einfach nicht entziehen, ging scheinbar ziellos durch die Räume und doch so routiniert, als würde ihr jemand den Weg weisen.

Irgendwann hatte sie sogar die Gruppe erreicht, die zum letzten Mal an diesem Tage persönlich durch die Räume des Schlosses geführt wurde.

Augenblicklich ließ das Gefühl, fremdgesteuert zu sein nach und sie beruhigte sich etwas. Endlich konnte sie stehen bleiben und sich umsehen. Sie blickte auf alte Bücher und verschiedene Kinderportraits, die sie einen Augenblick lang näher betrachtete. Fast schien es so, als würden die Kinder sie direkt ansehen. Diese Gesichter..., diese Augen waren so lebensecht gemalt, sie konnte sich ihnen nicht entziehen.

Ganz langsam, Schritt für Schritt, ging sie weiter auf die Gemälde zu, erkannte immer mehr Details und verlor sich im Bann der Augen.

Irgendwann wurde sie durch etwas aufgehalten. Ein schwarzes Band hatte sich um ihre Hüfte gelegt – das Absperrband, das die Besucher daran hindern sollte, zu nahe an die Ausstellungsstücke heranzutreten. Beinahe drohte der metallene Ständer, an dem es befestigt war, umzufallen. Im letzten Moment hielt sie ihn auf und war augenblicklich wieder in der Wirklichkeit angekommen. Erst jetzt bemerkte sie, dass sie inzwischen ganz allein in dem Zimmer war. Die Gruppe war längst weiter gezogen, sie konnte sie nicht mal mehr hören. Alles was sie hörte, war das Gewitter, das inzwischen draußen tobte.

Flackernd zuckten Blitze, die von dumpfem Donnergrollen abgelöst wurden und starker Regen peitschte gegen die Fensterscheiben. Wieder zuckte ein Blitz und unweigerlich schrak sie zusammen. Ihr Herz begann erneut zu rasen und ihre Beine fühlten sich an wie Pudding. Sie beschloss weiter zu gehen. Aber wo musste sie lang? Sie hatte bei ihrem „Run“ durch das Schloss vollkommen die Orientierung verloren. Wo war sie hier nur? Ratlos drehte sie sich im Kreis. War sie aus der Richtung gekommen? Oder... Nein...! Oder aus der anderen? Verdammt... für eine Richtung musste sie sich entscheiden. Sie konnte sich kaum noch auf den Beinen halten.

Eine leichte Panik hatte sie erfasst und ihr rasendes Herz machte klares Denken nahezu unmöglich. Sie atmete schwer, konnte kaum ein Fuß vor den anderen setzen. Sie musste... sie musste sich für eine Richtung entscheiden.

Dann spürte sie, wie der Druck auf ihren Brustkorb zunahm, als würde sich ein Schraubstock immer enger um sie schließen. Sie atmete schwer, schaffte es jedoch schließlich, langsam weiter zu gehen. Sie entschied sich für die Tür, die ihr am nächsten war und spürte zig Augenpaare in ihrem Rücken. Das waren Bilder! Es waren doch nur Bilder!? Sie fühlte sich verfolgt und war froh, endlich aus diesem Raum heraus zu sein.

Im nächsten Raum fand sie sich in einem alten Badezimmer wieder und da war die Stimmung nicht im Geringsten besser. Beinahe körperlich spürte sie die Hand auf ihrer Schulter, der Schraubstock zog sich weiter zu, sie bekam kaum noch Luft. 'Raus! Raus hier!!!'

Sie hatte plötzlich eine Stimme im Kopf. War hier ihr eigener Wunsch Vater des Gedanken oder war es eine Stimme, die nicht ihre war? Was sie aber mit jeder Faser ihres Körpers spürte... sie war hier nicht willkommen. Wer oder was ihr hier auch immer zusetzte, wollte in Ruhe gelassen werden.

Ein weiterer Blitz zuckte und wurde fast augenblicklich vom dumpfen Donnergrollen abgelöst. Unverändert peitschte der Regen gegen die Fensterscheiben, während sich hier im Inneren ein wahrer Kampf zwischen Sein oder Nichtsein abspielte.

Sie wollte ja, sie wollte gehen und doch hatte sie das Gefühl, dass ihre Beine sie keinen einzigen Zentimeter mehr tragen würden. Sie spürte wie ihr die Tränen unaufhörlich über die Wangen liefen. Dann endlich zwang sie sich zur Ruhe. Sie atmete ein paar Mal tief durch und beschwor sich, sich endlich zu bewegen.

‚Ich will ja gehen, lass mich gehen... lass mich!!!‘

Dann schaffte sie es. Einen Schritt nach dem anderen bewegte sie sich weiter, bis es immer leichter wurde. Sie ging schnell, dann noch schneller, bis sie schließlich rannte.

Scheinbar ziellos rannte sie durch die Räume, passierte Flure und immer wieder neue Räume. Immer noch hatte sie die Stimme im Kopf, bedrohlich und unmissverständlich, die ihr gebot so schnell wie möglich zu verschwinden. Und nichts lieber als das tat sie jetzt.

Nach einer gefühlten Ewigkeit erreichte sie endlich die Gruppe, die gerade von dem Führer verabschiedet wurde und dann den Ausgang. Unverständliche Blicke folgten ihr, das spürte sie genau. Fühlte die bohrenden Verurteilungen, weil sie in so einem geschichtsträchtigen Gebäude rannte, wie Messerstiche in ihrem Rücken aber das war ihr gerade egal. Sie wollte nur raus... Einfach nur raus hier.

Sie stieß die gläserne Tür auf und fand sich endlich vor dem Schloss wieder. Tief atmete sie durch und stütze ihre Hände auf den Knien ab. Sie brauchte ein paar Atemzüge, um wieder einigermaßen klar zu kommen. Was war das gerade gewesen? Was in aller Welt hatte ihr da drinnen so zugesetzt?

Nachdem sie sich einigermaßen beruhigt hatte, ging sie den Weg Richtung Taxistand entlang. Das Schloss in ihrem Rücken würdigte sie keines Blickes mehr, obwohl sie die bohrenden Blicke aus den Gemälden noch lange hinter sich spürte. Der Regen hatte inzwischen aufgehört, das Gewitter war weiter gezogen und grollte nur noch weit entfernt und überhaupt nicht mehr bedrohlich, leise vor sich hin.

Als sie den Taxistand erreicht hatte, stieg sie in den ersten Wagen, der in der Schlange stand und blickte in zwei wache, blaue Augen, die sie heute nicht zum ersten Mal sah.

„Na Mädchen, hast deine Antworten bekommen? Muss ja sagen du bist ganz schön mutig!“

„Was?!“

„In deiner Verfassung da rein zu gehen... das hätte schief gehen können!“

Sie blieb ihm eine Antwort schuldig, musste verarbeiten was sie gerade erlebt hatte.

Schon oft hatte sie von solchen Vorkommnissen gehört und gelesen, hatte sich immer interessiert gezeigt aber nie hätte sie sich träumen lassen, selbst einmal mit diesen Dingen in Berührung zu kommen. Aber wenn es nun genau das war... wenn das der Grund für alles war?

Vielleicht sollte sie lernen, sich weiter entwickeln. Doch wollte sie das? Sie wusste nur zu gut, wovon er redete.

Oh ja, dieser Trip hatte ihr Antworten geliefert... sie würde die Tür, durch die sie leichtsinnig getreten war, ganz schnell wieder schließen...

LEID

Weiße Nebelschwaden hingen in dichten Fetzen von schwarzen, blattlosen Bäumen und wiesen ihr gespenstisch ihren Weg. Die Kälte kroch in jedes ihrer Glieder. Verzweiflung und Trauer säumten ihren Weg bei jedem Schritt. Das dunkle, etwas strähnig gewordene Haar klebte beharrlich an ihrer Stirn und ließ keinen Zweifel daran, dass die letzte Auszeit in der Badewanne schon viel zu lange her war.

Schritt für Schritt folgte sie dem Weg in den Wald hinein, sich insgeheim wünschend, ein wildes Tier würde endlich kommen und sie von ihrem Leid erlösen. Die übermächtige Last, die ihr fast das Herz zerdrückte, konnte sie kaum ertragen. Jeder Atemzug fiel schwer und glich eher einem pfeifenden Fiepen statt tiefer entspannter Züge. Unablässig liefen ihr Tränen übers Gesicht und sie konnte durch den Schleier kaum etwas sehen. Doch es war auch nicht nötig. Sie wollte nichts sehen, sie wollte nichts hören, sie wollte nicht mal sein. Sie wollte sich einfach nur in Luft auflösen und im Nirwana verschwinden, so wie sie.

„Es tut mir sehr leid, dass ich Ihnen keine bessere Nachricht überbringen kann aber sehr wahrscheinlich wird Ihre Großmutter die nächste Nacht nicht überleben."

Die Worte des Arztes hatten sie wie ein Vorschlaghammer in Herz und Kopf gleichzeitig getroffen. Ihre Großmutter war alles für sie. Sie war ihr Leben, ihre Vertraute, Mutter und Freundin. Viele Jahre war sie schon krank, hatte sich immer wieder aufgerappelt, war dem Tod mehr als einmal von der sprichwörtlichen Schippe gesprungen. Doch auch wenn sie es nie sehen wollte, sich selbst nie eingestanden hätte; sie bemerkte wie die Kräfte schwanden. Diese starke, lebensbejahende Frau war schon seit Jahren nur noch ein Schatten ihrer selbst.

Nach einer Hirnblutung, die sie nur mit Mühe überlebt hatte, war es über die Jahre immer weiter abwärts gegangen. Sie hatte so sehr gekämpft, wollte immer noch stark sein und sie hatte sie immer für ihren Lebenswillen und ihren Mut bewundert.

Trotz der Einschränkungen mit denen sie nun leben musste, zuletzt war sie nicht mal mehr in der Lage gewesen, aus dem Bett aufzustehen, war sie immer noch dieselbe ruhige Frau geblieben, an die sie sich ankuscheln konnte, wenn ihr die Welt zu viel und zu laut geworden war. Sie war schon eine Weile nicht mehr in der Lage, ihr die Ratschläge zu geben, wie sie es so viele Jahre getan hatte, aber sie war da. Sie war immer noch da. War das egoistisch, so zu denken? Vielleicht... aber sie konnte nichts dafür, bei ihr konnte sie das Kind sein, das sie so früh schon aufhören musste zu sein. Viel zu früh waren ihre Eltern getrennte Wege gegangenen. Sie fing an, für ihren überforderten und immer arbeitenden Vater den Haushalt zu führen. Wusch die Wäsche, bügelte, putzte, erledigte Behördenkram und ging zur Schule. Er gab sein Bestes, irgendwie, aber es war ihre Großmutter, die ihr half die schwierigsten Zeiten zu überstehen, sie war da, sie liebte sie. Bei ihr durfte sie sich fallen lassen, durfte Fehler machen und aus ihnen lernen. Bei ihr lernte sie das Leben kennen. Und nun?

„Ihr Herz ist einfach zu schwach... sie wird es wohl nicht schaffen."

Knarzend brachen die trocken gewordenen Zweige unter ihren Schritten und sie stolperte blind vor Tränen in den Wald hinein. Sie konnte es nicht ertragen, den Gedanken ihre liebste Vertrauensperson gehen zu sehen, überhaupt zuzulassen. Was sollte nur aus ihr werden? Sie ertrug den Gedanken nicht, allein zu sein.

Plötzlich versagten ihr die Beine, sie brach zusammen und vor tiefster Verzweiflung weinend grub sie ihre Hände tief in den Waldboden. Plötzlich brach es aus ihr heraus, so laut wie sie nur konnte, schrie sie ihren Schmerz in den Nebel hinein und es erleichterte sie.

Sie schrie und schrie... Erschrocken stoben ein paar Nebelkrähen in den immer dunkler werdenden Himmel auf. Der Tag neigte sich dem Ende zu.

Am ganzen Leib zitternd entschloss sie sich, nach schier endlosen Minuten, zurück zu gehen. Ihre Hose war völlig aufgeweicht und von Schmutz getränkt. Mit ihren schwarzen Fingern strich sie sich die klebenden Haarsträhnen aus dem Gesicht und hinterließ dabei eine dunkle Spur aus Schlamm und verrottenden Blättern. Doch das störte sie nicht. Sie war völlig erschöpft, konnte kaum auf ihren Beinen stehen.

Wankend und schwer atmend stolperte sie langsam den Weg nach Hause zurück. Die Straßen waren wie ausgestorben, leise surrend sprangen die Straßenlaternen an und verbreiteten ein unwirkliches orangenes Licht und warfen es in sanften Kegeln auf die Straße. Leise flatterten Motten gegen die Lampen und hinterließen jedes Mal einen dumpfen Schlag, wenn sie dort aufschlugen. Sie konnte sich kaum noch auf den Beinen halten. Dieser Spaziergang hatte eine dumpfe Leere in ihrem Körper hinterlassen, sie fühlte plötzlich nichts mehr. Es war wie bei der Schneekönigin. So war es also, wenn man aufgab. Wie bei dem kleinen Kai, war ihr Herz in diesem Moment einfach nur festgefroren im Strudel der Trauer und der Verzweiflung.

Dann erreichte sie ihr Haus und schloss leise die Tür auf, die lauter als gewollt, hinter ihr ins Schloss krachte. Sie schrak kurz aus ihren Gedanken auf und warf den Haustürschlüssel in die kleine Schale, die auf der Kommode stand. Sie entledigte sich ihrer schmutzigen Klamotten, indem sie sie achtlos auf den Boden des Bades fallen ließ und stellte sich unter die Dusche. Doch auch die warmen Strahlen des Wassers schafften es nicht, die gefrorene Seele aufzutauen. Sie hatte einfach keine Kraft mehr.

Bleierne Müdigkeit lag auf ihren Lidern und so legte sie sich, wenn es auch noch sehr früher Abend war, ins Bett.

Sie wollte einfach nichts mehr sehen und nichts mehr hören.

Plötzlich fand sie sich in einem dunklen Haus wieder, die braunen Türen verbreiteten eine Düsternis, die sich kaum beschreiben ließ. Die Wände waren in ein tristes Grau gehüllt und hoben sich nur minimal vom dunklen Grau des Fußbodenteppichs ab.

Sie ging weiter hinein, durchschritt eine dieser braunen Türen und fand sich in einem großen Raum wieder, der sich vom Erscheinungsbild nicht von den anderen unterschied. Rechts von ihr führte eine Treppe nach oben, links war ein Tisch mit Stühlen drum herum. Alles in allem wirkte dieser Raum karg und trostlos. Hatte nichts Heimeliges an sich. Auch Temperatur und Gerüche schien es dort nicht zu geben. Sie konnte einfach nichts wahrnehmen. Es war einfach ein Raum, ein Raum im Nichts... Und inmitten dieses Nichts stand ein Bett. Es war ein Krankenbett, der Bügel, der den Menschen helfen sollte, sich leichter aus dem Bett aufzurichten, hing leicht schwankend über dem Kopfende. Das Bett war der einzige Farbtupfer in diesem Raum, es war in einem helleren Braun gehalten und hob sich somit von Wand und Fußboden ab. Sie betrachtete das Bett weiter und erkannte die helle Bettwäsche, die sie aus dem Krankenhaus nur zu gut kannte. Das Kopfkissen war zerwühlt, die Decke achtlos zur Seite geschlagen. Das Bett war leer. Sofort wurde sie erneut von einer tiefen Trauer und Verzweiflung eingehüllt, die Tränen liefen über ihr Gesicht und erleichterten ihre Seele minimal.

„Nein, nein.... Bitte nicht, das kann nicht sein...“, stammelte sie hilflos vor sich hin, ohne die Worte wirklich aussprechen zu können. Es war eher ein schreiendes Denken.

Plötzlich geschah etwas mit diesem Raum... es wurde heller. Sie blickte auf ihre Füße hinab und sah, wie weiße Nebelschwaden sie umhüllten. Wo kamen die denn jetzt plötzlich her?

Sie drehte sich zur Tür um und bemerkte, dass der Nebel aus dem Schlitz unter der Tür in den Raum quoll.

Da plötzlich, ganz langsam, öffnete sich die Tür. Und eine dunkle Silhouette trat aus dem hellen Licht, das ihr entgegen strahlte.

Immer näher kam diese Gestalt auf sie zu, bis sie schließlich erkannte, wer dort aus dem Licht auf sie zukam.

Es war ihre Großmutter, die sich langsam, Schritt für Schritt, auf sie zu bewegte. Nun wurde sie von tiefen Schluchzern geschüttelt, sie drohte beinahe zusammen zu brechen, als sie in das gutmütige, sanfte aber tottraurige Gesicht ihrer Großmutter blickte. Sie sah sie mit verzweifelten Augen an und legte, endlich bei ihr angekommen, sanft den Arm um sie.

„Schschsch… nicht weinen, es ist doch gut… Alles gut…hör auf zu weinen!“

Beide legten sich auf das Bett, das immer noch im Raum stand und sie kuschelte sich in den Arm ihrer Großmutter, so wie sie es als Kind immer getan hatte.

„Bitte hör auf zu weinen“, sprach sie sanft weiter. „Ich bin doch auf dem Weg zurück. Alles wird gut.“

Mit sanfter Stimme tröstete sie sie…

Laut schreiend und bis auf die Haut nass geschwitzt schreckte sie aus dem Schlaf hoch und befand sich wieder in ihrem eigenen Bett. Sie atmete schwer und setzte sich auf. Was war das gerade? Was war hier gerade geschehen?

Konnte es wirklich sein, dass es solche Dinge gab? Was waren das für Dinge? Letzten Endes war es doch ein Traum gewesen, mehr nicht, ein schlechter Traum… aber es hatte sich so echt angefühlt. Sie hatte den Geruch ihrer Großmutter wahrgenommen, ihre warme, weiche Haut gespürt. Sie war so echt gewesen wie ihre eigene heiße, vom Schweiß feucht gewordene Hand, die sie in diesem Moment auf ihrem Knie spürte.

Schon oft hatte sie von solchen übernatürlichen Phänomenen gehört, manchmal auch gelesen. Doch sie hatte nie selbst damit zu tun gehabt. Was war das für ein Raum gewesen?

Dieses Grau... konnte eine Farbe greifbar sein? Sie glaubte, noch etwas von diesem Grau auf ihrer Haut zu spüren. Ging das überhaupt? Konnte man Farben spüren? In diesem Moment hatte sie das Gefühl, dass sie genau das tat. Und sie hasste es... sie wollte damit nichts zu tun haben. Sie war überfordert damit, wusste es nicht einzuordnen.

„Ich will es nicht, hört ihr, egal wer oder was ihr seid. Es kann ja sein, dass es so etwas wirklich gibt, aber lasst mich in Ruhe damit!“, rief sie in die Dunkelheit des Zimmers und brach erneut in Tränen aus.

Sie war am Ende ihrer Kräfte und legte sich völlig übermüdet in das feuchte Kissen zurück. Es war eine Sache von Minuten, bis ein tiefer, schwarzer und traumloser Schlaf sie übermannte.

Am nächsten Morgen wachte sie auf, als die Herbstsonne schon am Himmel stand. Ein Blick auf ihren Wecker verriet ihr, dass sie bis in den Vormittag hinein geschlafen hatte. Ächzend erhob sie sich aus dem Bett, fühlte sich überhaupt nicht ausgeruht. Die Ereignisse des letzten Tages und die der Nacht hatten ihren Tribut gefordert. Eigentlich am Ende ihrer Kräfte, zwang sie sich dennoch unter die Dusche und spülte den Schweiß der letzten Nacht fort. Etwas erfrischt, doch nicht im Geringsten munterer, zog sie sich an und machte sich einen Kaffee.

Das Krankenhaus hatte in der Nacht nicht angerufen, also hatte ihre Großmutter, diese zumindest, entgegen den Vermutungen des Arztes, überstanden. Trotzdem nahm sie sich vor, sofort dorthin zu fahren und sie zu sehen. Wer wusste schon, wie oft sie noch einmal die Gelegenheit dazu hatte?

Nach einem kargen Frühstück aus trockenem Toast und einer Banane setzte sie sich ins Auto und fuhr mit rasendem Herzen ins Krankenhaus. Sie parkte den kleinen, in die Jahre gekommenen Wagen, am hinteren Ende des Parkplatzes und setzte mit zittrigen Knien den Weg ins Gebäude fort. Obwohl dieser riesige Komplex aus schier endlosen und labyrinthartigen Gängen bestand, wusste sie genau, wohin sie gehen musste.

Hin und wieder kreuzte Pflegepersonal ihren Weg, mal mit Bett, mal ohne aber immer geschäftig. Menschen mit

Bademänteln oder dicken Verbänden um Kopf, Arm und Bein liefen scheinbar ziellos und gelangweilt in den Gängen auf und ab. Ein penetranter Geruch nach Desinfektionsmitteln und Bohnerwachs kroch ihr in die Nase. Alles war hell. Alles war steril und sauber.

Sie erreichte den Fahrstuhl und drückte den Knopf um in die obere Etage zu fahren.

Geduldig und in sich gekehrt beobachtete sie, wie die herabzählenden Zahlen ihr das Näherkommen des Fahrstuhles anzeigten. Mit einem leisen *Kling* öffneten sich die Türen und gaben den Eintritt in die mit Spiegeln umsäumte Kabine frei. Sie hatte fast keine andere Wahl, als sich anzusehen und erschrak bei ihrem eigenen Anblick. Dunkle Augenränder hatten sich unter ihre Augen gelegt. Sie wirkten müde und kraftlos und ihre sonst so vollen roten Lippen, glichen eher farblosen Strichen.

Sie war ein Schatten ihrer selbst. Die Ereignisse der letzten Stunden hatten sie geschwächt und gequält presste sie ein dumpfes Grollen aus ihrer Kehle. Sie strich sich mit den Händen durch ihre frisch gewaschenen Haare, wohl wissend, dass das an ihrem mitgenommenen Äußeren nicht das Geringste ändern würde. Doch das konnte sie jetzt nicht ändern. Es war eben so wie es war und es war ihr egal. Wieder ertönte ein leises *Kling*. Sie hatte die Station, auf der ihre Großmutter untergebracht war, erreicht. Mit rasendem Herzen stieg sie aus und lief wie in Zeitlupe den langen Flur entlang. Doch nicht nur sie lief wie in Zeitlupe, auch die Menschen um sie herum schienen sich plötzlich sehr viel langsamer zu bewegen. Sie beobachtete, wie eine Schwester eine Infusion vorbereitete, ein Auszubildender mit einem Patienten im Flur saß und ihm die Hand hielt, scheinbar beruhigend auf ihn einredete.

Langsam... Schritt für Schritt ging sie den Flur entlang und erreichte schwer atmend das Zimmer, in dem ihre Großmutter lag. 312 zeigte die Nummer in großen Zahlen neben der Tür.

Noch einmal atmete sie tief aus und drückte zaghaft die Klinke hinunter. Die Anspannung war zum Zerschneiden und sie fühlte sich, als krallte sie eine riesige Klaue um ihr Herz und je weiter sie voran ging, desto stärker drückte sie zu. Unweigerlich legte sie ihre Hand auf ihre Brust, als könnte sie so den Druck der Klaue etwas mindern. Dann sprang die Tür auf und sie trat in das Zimmer. Noch immer strahlte die Sonne hell in den – leeren – Raum. Fassungslos starrte sie auf das Bett an der Wand an, das neu vorbereitet für den nächsten Patienten mit einer durchsichtigen Folie überspannt, dort stand.

Augenblicklich rutschte ihr ihre Tasche von der Schulter und ihr Herz setzte einen Schlag aus. Nein!!! Was war passiert? Wo war ihre Großmutter? Warum hatte man ihr nicht Bescheid gesagt?

„Hey...“, sprach eine Stimme sie sanft von hinten an.

Es war die zuständige Zimmerschwester, die ihr dann zaghaft ihre Hand auf die Schulter legte.

„Wo....? Was ist passiert? Wo... ist sie?“, stammelte sie leise vor sich hin.

Ihre Augen füllten sich mit Tränen.

„Ist sie...?“

„Nein, nein... beruhige dich... Wir hatten so zeitig nicht mit dir gerechnet. Du bist eher hier, als das wir dich benachrichtigen konnten. Deiner Großmutter ging es heute Nacht ganz plötzlich wieder besser... Wir konnten sie auf die Normalstation verlegen. Geh zu ihr... sie wartet schon auf dich.“

Fassungslos starrte sie die Schwester an. Sie konnte kaum glauben, was sie gerade gehört hatte. Konnte das wirklich wahr sein? Augenblicklich hatte sie die Stimme ihrer Großmutter im Kopf.

„Hör auf zu weinen, alles ist gut, ich bin doch auf dem Weg zurück...“

TRAUER

Leicht wiegte der Wind die Grashalme hin und her und majestätisch ragten die hohen Bäume in den azurblauen Himmel. Leicht ließ sie ihre Fingerspitzen über die zerbrechlichen Spitzen der Gräser streifen, während sie tief die duftende Luft des Sommers in ihre Lungen sog. Lächelnd schloss sie die Augen, drehte sich in den sachten Wind und lauschte still dem Flüstern der Bäume.

Wie so oft hatte sie sich am Nachmittag auf den Weg gemacht, um in der Stille der Natur nach einem stressigen Arbeitstag zur Ruhe zu kommen. Sie führte ein gesegnetes Leben, so empfand sie es. Ihr Job erfüllte sie, sie hatte in Ben die Liebe ihres Lebens gefunden, vor einem Jahr geheiratet und vor einigen Monaten hatten sie ein kleines Haus am Waldrand gekauft, das sie nun nach und nach umbauten. Irgendwann, so war sie sich damals sicher, würden sie hier eine kleine Familie gründen.

Langsam führte sie ihr Weg vorbei an weiten Kornfeldern. Die Ähren hatten schwer unter der Last des vollen Korns zu tragen. Es konnte nicht mehr lange dauern, bis die Bauern der Umgebung die Ernte beginnen würden.

Nach einigen hundert Metern hatte sie den Waldrand erreicht. Wohlige Kühle hüllte sie ein und die Luft veränderte sich. Die Vögel sangen leise ihr Lied und ein Specht klopfte mit ihrem Herzen im Einklang. Sie konnte so viel Glück, das sie in diesem Moment empfand, einfach nicht fassen und meinte manchmal, ihre Brust müsste ihr zerspringen.

Plätschernd folgte der Bach neben ihr seinem Lauf. Tief atmend nahm sie auf einem Baumstupf Platz und ließ den Blick zurück in die Ferne schweifen.

Sie sah ihr Haus mit dem roten Ziegeldach und den weiß verputzten Wänden.

Mehr als einmal schon hatte sie hier gesessen und sich ihre Zukunft in den schönsten Farben ausgemalt.

Wie würde es wohl sein, wenn sie hier mit einem kleinen Jungen oder einem kleinen Mädchen spazieren gehen würden? Sie sah sich mit ihrer Familie auf dem Feld beim Drachen steigen oder auf dem Hochsitz sitzend die Tiere des Waldes beobachten.

Gedankenverloren streiften ihre Finger dabei über ihren Bauch. Sie schloss die Augen und hörte in sich hinein. Nun war es offiziell, sie wusste es nun ganz genau und konnte glücklicher nicht sein. Insgeheim hatte sie es schon vor ein paar Wochen geahnt aber Ben bisher nichts davon erzählt. Sie hatte auf den richtigen Moment gewartet. Heute... heute sollte es nun soweit sein. Sie hatte alles bis ins kleinste Detail geplant. Wenn er nachher von seiner Arbeit nach Hause kam, würden sie gemütlich zu Abend essen und sie würde ihm dann ein kleines Päckchen überreichen. Kleine Kinderschuhe hatte sie in dieses Päckchen gepackt und ein Ultraschallbild von ihrem kleinen Schatz in sich dazu. Sie freute sich riesig auf seine Augen, wenn er dieses Päckchen auspacken würde. Und sie wusste, wie sehr er sich freuen würde über diese Nachricht. Denn schon seit einer ganzen Weile wünschten sich beide nichts sehnlicher, als mit einem kleinen Baby ihre Liebe zu krönen.

Plötzlich frischte der Wind auf und sie schrak aus ihren Gedanken auf. Erschrocken stellte sie fest, dass eine dicke dunkle Wolkenfront heranzog und rasch näher kam. Sie musste sich beeilen, wenn sie noch trockenen Fußes nach Hause kommen wollte.

Schon einige Minuten später peitschte kalter Wind große Tropfen in ihr Gesicht und gellend zuckten Blitze über den nun schwarz gewordenen Himmel.

Als sie endlich ihr Haus erreicht hatte, war sie völlig atemlos und brauchte einige Zeit, um sich zu beruhigen. Sie hasste Gewitter. Diese Vorboten der Hölle, wie sie sie empfand, bedeuteten selten Gutes.

Sie ging ins Bad und holte sich ein Handtuch, um ihre Haare zu trockenen.

Sorgenvoll glitt ihr Blick aus dem Badfenster die Straße herunter. Noch immer fehlte von Ben jede Spur. Zaghaft warf sie einen Blick auf die Uhr, die vor dem Spiegel stand. Er war bereits eine halbe Stunde überfällig und er verspätete sich nie. Wo war eigentlich ihr Handy? Sie schreckte auf. Das hatte sie den ganzen Nachmittag noch nicht einmal in der Hand gehabt.

Vielleicht hatte er angerufen und sie hatte es nicht einmal bemerkt. Sie suchte und suchte… und fand es schließlich in ihrer Handtasche. AUS! Schon wieder hatte ihr Akku schlapp gemacht. Gerade jetzt… Wie oft hatte Ben sie gedrängt, sich ein neues Telefon zuzulegen und wie oft hatte sie augenzwinkernd abgelehnt?

„Das geht schon noch…"

Hektisch lief sie die Treppe hinauf ins Obergeschoss. Im Schlafzimmer, an ihrem Bett, steckte das Ladekabel in der Steckdose. Mit zittrigen Händen versuchte sie, es mit ihrem Handy zu verbinden und musste sich zur Ruhe zwingen. Sie schloss die Augen und atmete tief durch.

‚Ruhig… bleib ruhig…'

Dann endlich gelang es ihr. Mit einem viel zu fröhlichen Signalton, wie sie fand, signalisierte ihr Telefon, dass es nun aus dem Stromnetz zehrte.

Quälend langsam vergingen die Sekunden, bis sie das Gerät endlich wieder starten konnte. Und noch endloser erschien ihr die Zeit, bis es endlich alle Funktionen geladen hatte. Draußen gellten weiter helle Blitze, die fast augenblicklich von dumpfem Donnergrollen abgelöst wurden. Der Regen peitschte gegen die Scheiben und ein dumpfes Gefühl breitete sich in ihrer Magengegend aus. Hektisch schob sie es kopfschüttelnd beiseite. Dann endlich war ihr Telefon betriebsbereit. Und… blieb still. Keine Nachricht, kein Anruf von Ben… nichts. Obwohl sie genau wusste, dass es nichts bringen würde, wählte sie die Nummer ihrer Mailbox.

„Es liegen keine Nachrichten für sie vor", flötete die Computerstimmer ihr unerhört fröhlich ins Ohr.

Verzweifelt legte sie auf und versuchte Ben anzurufen. Es klingelte und klingelte, doch niemand nahm ab. Auch hier ging nur die Mailbox ran.

„Hi... leider bin ich im Moment nicht zu erreichen. Hinterlass mir doch eine Nachricht. Ich melde mich dann zurück."

„Ben... wo steckst du? Du solltest längst zu Hause sein... und dann dieses Wetter... bitte melde dich mal bei mir."

Dann legte sie auf und sacht streiften ihre Finger über das Display, während es tonlos erlosch. Wo blieb er denn nur? Sorgenvoll blickte sie nach draußen. Das Wetter schien sich langsam zu beruhigen.

Die Blitze wurden weniger und das Donnergrollen entfernte sich immer mehr. Auch der Regen peitschte nicht mehr, sondern lief in langsamen Rinnsalen an ihrem Fenster herab.

Sie beschloss, nicht in Panik zu geraten sondern sich einfach schon mal um das Essen zu kümmern. Ben kam sicher jeden Moment. Bestimmt hatte er versucht anzurufen aber bei dem Wetter war kein Anruf raus gegangen. Er war auf dem Weg, da war sie sich sicher.

Kopfnickend verließ sie das Schlafzimmer und ging hinab in die Küche, wo sie das Abendessen vorbereitete. Sie deckte den Tisch liebevoll. Das Festtagsgeschirr fand seinen Platz auf dem Tisch genauso wie der Sektkübel, den sie mit Eis und einer Flasche alkoholfreien Sekt füllte, den sie extra noch aus dem Supermarkt in der Stadt besorgt hatte, bevor sie nach Hause gekommen war. So war sie eine Weile beschäftigt und merkte gar nicht wie die Zeit verging.

Als sie fertig war, fiel ihr auf, dass bereits eine weitere Stunde vergangen war. Eine weitere Stunde ohne Nachricht von Ben. Sie stand an dem gedeckten Tisch und ihr Blick fiel auf das kleine Päckchen auf seinem Teller. Warum nur meldete er sich denn nicht bei ihr? Wo steckte er denn nur? Erneut griff sie nach ihrem Handy, das sie nun in der Küche zum Laden angeschlossen hatte und starrte sorgenvoll auf das leere Display. Das sah ihm überhaupt nicht ähnlich, sich nicht zurück zu melden.

Wieder wählte sie die Nummer seines Handys und wieder klingelte es.

„Hi... leider bin ich im Moment nicht zu erreichen. Hinterlass mir doch eine Nachricht. Ich melde mich dann zurück."

„Verdammt... Ben... wo bleibst du? Bitte ruf mich an!"

Heftiger als gewollt warf sie das Gerät auf den Küchenschrank zurück. Sie hielt diese Warterei nicht mehr aus. Aber was wollte sie tun? Sie wohnten hier im Nirgendwo, hatten sich dieses abgelegene Haus mit Absicht ausgesucht, weil sie einfach für sich, umgeben von der Schönheit der Natur, sein wollten.

In diesem Moment verfluchte sie diese Entscheidung. Selbst wenn sie gewollt hätte, kam sie hier nicht weg. Ben war mit ihrem Auto unterwegs. Und sie hatte nicht mal ein Fahrrad, mit dem sie sich auf die Suche machen konnte. Sie konnte absolut nichts tun, als hier auf ihn zu warten. Vielleicht war er auch noch gar nicht unterwegs, vielleicht hatte er auf der Arbeit das Wetter abgewartet. Alex saß bestimmt noch im Büro, er arbeitete immer länger.

Hektisch griff sie erneut nach dem Handy und wählte die Nummer. Warum nur war sie nicht früher darauf gekommen? Nach dreimal Klingeln nahm Alex endlich ab.

„Hey... von dir habe ich ja schon ewig nichts mehr gehört... Wie geht's dir?"

Sie bemühte sich um eine ruhige Stimme und lächelte, um ihren Worten einen fröhlicheren Klang zu verleihen.

„Alex... Hi... gut geht es mir... du sag mal, ist Ben noch im Büro? Er ist noch nicht zu Hause und ich dachte, bei dem Wetter hat er sicher länger gemacht und..."

„Ben? Nein... der ist schon seit drei Stunden weg... wollte noch zu einem Kundentermin und dann direkt zu dir nach Hause."

„Ach so..."

„Mach dir keinen Kopf, vielleicht hat der Termin länger gedauert und er hat sich dann irgendwo untergestellt, um das Wetter abzuwarten. Er kommt sicher gleich..."

„Ja… bestimmt…, danke dir…“

„Mach's gut…“

„Ja. Tschüss…“, sagte sie gedankenverloren und legte auf.

Tief in Gedanken versunken legte sie das Telefon auf dem Küchenschrank ab, als sie draußen eine Autotür klappen hörte.

„Ben… endlich…“

Sie stürmte zur Haustür und riss sie auf, noch bevor man hätte klingeln oder klopfen können. Augenblicklich strömte ein kalter Windhauch durch die geöffnete Haustür in das dahinterliegende Wohnzimmer und löschte die Kerzen, die auf dem Tisch festlich gestrahlt hatten.

„Ben… wo bleibst du denn so lange?“, rief sie, noch bevor sie richtig begriffen hatte, wer dort vor der Tür stand.

Zwei Polizeibeamte in ihren Uniformen standen ihr gegenüber und blickten sie ernst an.

„Was…? Wer sind Sie denn? Was wollen Sie?“

„Frau Rosen…?“

„Ja…?“

Ihr Herz schlug ihr bis zum Hals. Wenn die Polizei vor der Tür stand, war das nie ein gutes Zeichen, das wusste sie.

„Dürfen wir rein kommen? Wir müssen mit Ihnen reden…“

Wortlos wies sie den Beamten den Weg, kaum fähig sich auf ihren Beinen zu halten. Sie hatte das Gefühl, den Boden unter den Füßen zu verlieren.

„Was ist los…?“, fragte sie mit erstickter Stimme.

„Wollen wir uns nicht setzen…?“

„Was ist…?“, drängte sie auf eine Antwort.

Der Beamte nahm seine Mütze ab und räusperte sich kurz.

„Frau Rosen… es… bei dem schweren Gewitter vorhin wurde auf der Landstraße ein Baum entwurzelt. Der Wind… er war einfach zu stark. Als er kippte, ist er direkt auf ein vorbeifahrendes Auto gefallen und hat es unter sich begraben. Leider kam für den Fahrer jede Hilfe zu spät… Frau Rosen… Ihr Mann hat den Unfall leider nicht überlebt…“

In diesem Moment versagten ihr die Beine. Noch ehe sie das eben Gehörte richtig erfasst, geschweige denn verstanden hatte, fand sie sich in einem Strudel aus Gefühlen wieder. Sie saß auf dem kalten Fliesenboden und Eiseskälte hüllte sie ein, während ihr schreiendes Herz im Feuer der Verzweiflung zu verbrennen drohte.

Ben war tot?! Ihr Ben?!

Das konnte nicht sein!!! Das war der Moment, in dem es aus ihr heraus brach. Tränen bahnten sich ihren Weg und sie begann zu schreien... Aus tiefster Seele schrie sie ihren Schmerz heraus und nichts auf der Welt hätte sie in diesem Moment trösten können.

Die Beamten hoben sie vom Fußboden auf und setzten sie auf die Couch, versuchten sie in ihrem Schmerz aufzufangen. Als keine Schreie mehr übrig waren, war da nur noch Stille.

„Frau Rosen... sollen wir einen Arzt rufen? Der kann Ihnen sicher etwas zur Beruhigung geben. Können wir irgendetwas tun? Jemanden benachrichtigen?“

Sie schüttelte heftig den Kopf, benommen und scheinbar nicht richtig bei sich, antwortete sie wie in Trance: „Nein... niemanden... ich will jetzt niemanden sehen und auch nichts zur Beruhigung... ich bin... schwanger!“

Ihr Blick fiel auf das kleine Päckchen, auf dem noch immer gedeckten Tisch. Unablässig rannen die Tränen über ihr Gesicht. Schwanger... Oh Gott, was sollte nun werden? Sie war allein... ganz allein... mit einem Baby!

Nach einigen Minuten waren die Beamten, nach ihrer inständigen Bitte sie endlich allein zu lassen, gegangen. Nun saß sie Stunden später noch immer allein in ihrem Wohnzimmer und starrte in die schwarze Nacht hinaus. Tränen hatte sie mittlerweile auch keine mehr. Sie war nun allein, allein mit ihrer Trauer...

Tief in ihre innere Stille versunken, schreckte sie plötzlich auf, als sie im oberen Stockwerk plötzlich die Schlafzimmertür zufallen hörte.

Sie starrte hinauf und für eine Sekunde glaubte sie, einen Schatten über den Flur huschen zu sehen. Sie erhob sich vom Sofa und trat langsam an die Treppe heran. Sie hielt sich am unteren Sockel des Geländers fest und schaute weiter nach oben.

„Wer ist da? Hallo...?"

Nur eine Sekunde später hatte sie Bens Aftershave in der Nase und wohlige Wärme hüllte sie ein, während sich leicht ihre Nackenhaare aufstellten.

Zaghaft ging sie die Treppe hinauf und erblickte plötzlich Licht hinter der geschlossenen Schlafzimmertür. Ihr Herz raste und sie wagte kaum, die Türklinke zu bewegen, um sie zu öffnen. Deutlich nahm sie Bewegungen dahinter war, eine leise, ihr sehr vertraute Stimme rief sie.

Sie atmete noch einmal tief durch und drückte dann die Klinke hinunter. Leise quietschend sprang die Tür auf und plötzlich war das Licht erloschen. Nur der fahle Mond schickte seine Strahlen über das weite Feld direkt durch das Fenster in den stillen Raum.

Umgeben von kaltem Mondlicht sah sie eine schwarze Gestalt am Fenster stehen, die der Silhouette nach einem Mann ähnlich sein konnte.

„Ben...?"

Die Gestalt tat nichts, stand einfach nur da und rührte sich nicht.

Doch dann hatte sie eine leise Stimme in ihrem Kopf.

'Verzweifel nicht und bleibe stark... bleib stark für euch beide. Ich bin immer bei euch... ich lass dich niemals wirklich allein...'

Dann verschwand die Gestalt und die Schlafzimmertür knallte hinter ihr ins Schloss.

Augenblicklich schreckte sie auf und... fand sich auf dem Sofa im Wohnzimmer wieder. Sie hatte geträumt... geträumt, dass Ben sich von ihr verabschiedet hatte. Das hatte sie alles nur geträumt...

Doch hatte sie das wirklich?

MITGEFÜHL

Laut donnerte der LKW an ihr vorbei, während sie an der roten Ampel auf Grün wartete. Ein feiner Nieselregen kroch in jedes ihrer Glieder und ihre feinen Fingergelenke waren vor Kälte schon ganz rot geworden. Sie schlang sich ihren Mantel enger um ihren Körper und starrte auf das rote Männchen, das sie scheinbar höhnisch angrinste.

'Ich bleibe rot, für immer....'

Sie zitterte und wollte einfach nur noch nach Hause. Der Wind zerrte an ihren Haaren und sie überlegte nun schon zum zweiten Mal mit einem leicht schiefen Grinsen, das kaum einer bemerkt hätte, ob sie es wohl schaffen würde, vor dem nächsten LKW über die Straße zu rennen, der sich gut 50m von ihr entfernt näherte. Sie entschied sich dagegen und das war auch gut so, denn nur einen Moment später donnerte auch dieser Wagen an ihr vorbei und weht ihr die Haare abermals ins Gesicht und die Pfütze, die eben noch das Pflaster der Straße bedeckt hatte, ebenfalls. Augenblicklich war sie richtig nass und zwar von Kopf bis Fuß. Fassungslos starrte sie dem LKW hinterher und hörte kurz darauf einen leisen Pfeifton, der ihr sagte, dass die Ampel auf grün gesprungen war. Doch da war noch etwas... Hörte sie das Ampelmännchen hämisch kichern?

Wütend stapfte sie nach Hause und war heilfroh, als sie endlich den Schlüssel in der Haustür drehen konnte. Hastig stieg sie die Treppen bis in die 3. Etage des Mehrfamilienhauses nach oben und laut krachend fiel die Tür hinter ihr ins Schloss, als sie ihre Wohnung betreten hatte.

„Blöder Idiot...“, schimpfte sie leise vor sich hin.

Ohne Umwege ging sie ins Badezimmer und entledigte sich ihrer nassen und dreckigen Klamotten.

„So ein Blödmann…“, fluchte sie weiter vor sich hin, wohl wissend, dass es außer ihr sowieso niemand hören konnte und dennoch fühlte sie sich besser danach.

Dann stieg sie in die Dusche und entspannte augenblicklich, als das wohlig warme Wasser über ihren ausgekühlten Körper lief.

Kleine Piekse, wie tausende von Stecknadeln, wehrten sich anfangs noch gegen diese Wohltat, hatten dem aber nicht lange etwas entgegen zu setzen.

Langsam wurde es ihr warm und sie atmete tief durch. Nachdem sie sich abgeseift und auch ihre Haare gewaschen hatte, trocknete sie sich ab und streifte sich den unerotischsten aber kuscheligsten Hausanzug über, den ihr Kleiderschrank hergab und legte sich erschöpft auf die Couch. Sie schloss kurz die Augen und bemerkte erst jetzt die bohrenden Kopfschmerzen, die sich in ihrem Schädel ausbreiteten. Dieser Tag hatte sie geschafft. Sie arbeitete in einem Pflegedienst, in dem sie täglich von Haus zu Haus fuhr, um kranke und alte Menschen zu versorgen und ihr kam es vor, dieser Tag war besonders hart gewesen. Noch nicht einmal zum Essen war sie gekommen. Sie war ständig in Zeitverzug gewesen. Nur ein Gefühl hatte sie an diesem Tag nicht verzweifeln lassen… das Wissen, am nächsten Tag frei zu haben. Sie wollte endlich mal wieder ausgiebig Wäsche waschen und die Wohnung putzen. Es war schon erstaunlich, dass sie sich auf solche banalen Dinge freute. Doch sie hatte die Rechnung ohne ihre Kollegin gemacht, die zu Hause eine Treppe herunter gefallen war und nun mit einem gebrochenen Bein im Krankenhaus lag. Der freie Tag war gestrichen worden, sie musste zum Spätdienst. So sehr sich über diese Veränderung auch ärgerte, so wenig nutzte es ihr. Durchhalten war die Parole. Ihre Kollegin konnte sich sicher auch Besseres vorstellen, als jetzt mit Schmerzen in diesem Krankenhausbett zu liegen. Es dauerte nicht lange und sie war auf der Couch eingeschlafen.

Den nächsten Tag begann sie mit einem gemütlichen und ausgiebigem Frühstück und auch ihr Lächeln hatte sie wiedergefunden. Das Radio spielte leise Musik und ein köstlicher Kaffeeduft breitete sich in der gesamten Wohnung aus.

Sie hatte sich zwei Brötchen aufgebacken und eine Kerze angezündet. Sie genoss einfach die Ruhe... die Ruhe in ihrem Kopf und in ihrem Herzen. So sehr sie sich gestern noch darüber geärgert hatte, dass sie heute den freien Tag gestrichen bekommen hatte, so sehr war sie sich im Klaren darüber, dass sie ihre Arbeit doch eigentlich gerne machte. Die Leute freuten sich darüber, wenn jemand kam und ihnen half, ihr Leben in ihren eigenen vier Wänden weiter leben zu können. Sie drang als fremder Mensch in ihr privatestes Leben ein und durfte sich glücklich schätzen für diese unwahrscheinlich wertvollen Momente. Dieses Lächeln, das sie empfing, wenn sie durch die meist verschlossene Haustür in die dunklen Wohnungen und Häuser trat und mit einem freundlichen 'Guten Morgen' den Tag in die leeren vier Wände holte, war unbezahlbar. Genauso wie der erleichterte Seufzer, der von einem zufriedenem ‚Danke' begleitet wurde, wenn sie die alte Dame oder den alten Herren abends unterstützt und zu Bett gebracht hatte. Wenn sie sich noch eine Minute an den Bettrand gesetzt und einen Augenblick die Hand gehalten und einige Worte gewechselt hatte, dann waren das die Momente, wofür sie ihre Arbeit liebte. Das waren die Momente, in denen ihre Arbeit keine Arbeit für sie war. Diese Momente waren kostbar und wurden leider immer seltener in dieser schnelllebigen Zeit. Doch sie wusste auch, dass diese schnelllebige Zeit meist vor den Türen dieser Wohnungen und Häuser Halt machte. Darin liefen die Uhren anders. Diese Menschen hatten in ihrem Leben meist Übermenschliches geleistet und es verdient, dass der Stress eben genau VOR diesen Türen blieb.

Jeden Tag, bevor sie ihren Dienst antrat, versuchte sie sich daran zu erinnern. Nicht immer gelang es ihr. Oft genug holte sie eigener privater Stress ein, nahmen eigene Probleme und Sorgen sie gefangen.

Hin und wieder vergaß auch sie in ihrem ganz eigenen Lebensstrudel ihre Ideale, nach denen sie strebte. Zum Glück gab es diese Momente, wie jetzt am Frühstückstisch, in denen sie in der Lage war, sich genau daran zu erinnern.

So verlebte sie einen sehr entspannten und friedvollen Vormittag und nahm sich fest vor, ganz viel von diesem inneren Frieden mit in den nächsten Dienst zu nehmen. Sie wollte so viel wie möglich davon weiter geben.

Einige Stunden später hauchte der vergangene Tag langsam sein Leben aus. Die Sonne stand nur noch ganz kurz über den Wipfeln der, vom Herbstlaub bunt gewordenen, Bäume.

Fröstelnd trat sie aus der Tür und trat ihren Weg zum Spätdienst an. Sie hatte es nicht weit. Auch heute musste sie über die Ampel an der Straße. Nur heute lachte sie nicht, heute warf die untergehende Sonne zitternde blättrige Schatten auf die Straße und ließ sogar die hämische Ampel in Ehrfurcht verstummen.

Nur wenige Meter musste sie durch einen kleinen Park laufen, bevor sie das Büro erreichte. Sie betrat den leeren Raum, in dem ein leichter Duft aus Desinfektionsmitteln und Kaffee in der Luft hing und zog sich ihren Mantel aus. Sie inspizierte ihr Fach in dem alle wichtigen Unterlagen bereit lagen und auch der Plan mit den Menschen darauf, die sie heute Abend versorgen sollte. Auch er war dabei; ein schwerkranker Mann, den sie nun schon einige Monate betreute. Ihn zu versorgen, war zu einer Herzensangelegenheit für sie geworden. Sie hatten sich im Frühjahr kennengelernt, als die Blätter begannen zu sprießen. Die Luft war erfüllt gewesen von Hoffnung und Zuversicht, so wie er auch. Er hatte sich nie unterkriegen lassen, hatte dem Tod lebensfroh ins Gesicht gelächelt und immer einen lustigen Spruch auf den Lippen gehabt. Sie hatten viel miteinander lachen können und auch seine Frau freute sich jedes Mal, wenn sie kam um ihren Mann zu versorgen. Sie genoss es, jemanden um sich zu haben, dem sie von ihren Sorgen und Ängsten berichten konnte, ohne ihren Mann damit zu belasten.

Wie schwer musste es sein, zu wissen, dass der Mensch, den man am meiste liebt, dem Tode geweiht war und trotzdem immer wieder voll Zuversicht gemeinsam in die Zukunft zu sehen? Wann durfte man sich einen Moment der Schwäche erlauben ohne dem Herzensmenschen an seiner Seite zu viel Kummer zu bereiten?

Auch dafür war sie da... sie nahm sich die Zeit, Angehörige, die manchmal einfach nur traurig und verzweifelt waren, aufzufangen. Weiß Gott fiel ihr das nicht immer leicht und mehr als einmal nahm sie die Trauer und Ratlosigkeit gefangen.

So auch an diesem Tag. Sie wusste noch genau, wie fröhlich lächelnd er sie immer erwartet hatte, sah genau die kleinen Grübchen in den Mundwinkeln und die vielen Lachfältchen um die Augen. Doch inzwischen war das anders geworden. Inzwischen war dieses lächelnde Gesicht sehr viel schwächer geworden. Die Verzweiflung über das ungewollte Fortschreiten der Krankheit hatte es verloren gehen lassen. Er war sehr viel schwächer geworden, schaffte es inzwischen nicht mehr, aufzustehen. Er wurde nun im Bett versorgt und von ihren Kollegen wusste sie, dass er es inzwischen nicht mal mehr schaffte, zu essen. Sie wusste, sie würde nicht mehr viel für ihn tun können, als einfach nur da zu sein. Für ihn und für seine Frau. Sie konnte sich kaum vorstellen, wie furchtbar es sein mochte, nur hilflos mit ansehen zu müssen, wie der Mensch, den man so sehr liebt, sich immer weiter von einem entfernte, ohne auch nur das Geringste dagegen tun zu können.

Zweimal sollte sie heute bei ihm sein und ihm bei den Dingen, die er benötigte, zur Seite stehen. Das erste Mal erreichte sie ihn am Nachmittag. Seine Frau öffnete ihr die Tür. Ihr Gesicht war in den letzten Tagen grau und alt geworden, die Trauer und Hilflosigkeit hatte sich auf ihre Augen gelegt und auch heute huschte nur ein zaghaftes, kaum bemerkbares Lächeln über ihre dünnen Lippen. Ihr blondes, leicht strähniges Haar hatte sie zu einem Zopf zusammen gebunden und der Pullover, den sie nun schon den dritten Tag trug, war ihr inzwischen viel zu weit geworden.

Die Sorge um ihren Mann raubte auch ihr die Kräfte. Seit ein paar Tagen lag er nur noch in seinem Bett und starrte an die Decke. Viel zu selten waren sie inzwischen geworden, die lichten Momente, in denen man ihn wirklich erreichen konnte.

Und auch heute war es nicht anders. Leise trat sie an sein Bett, berührte mit ihrer Hand sanft seine Schulter und sprach ihn ruhig an.

Die viel zu fröhliche Blümchenbettwäsche aus roten Rosen und weißen Margeriten passte so gar nicht zu der von Leid geschwängerten Atmosphäre, die sich bleiernd in den Wänden der Wohnung ausbreitete.

„Herr Zeis...?! Hallo... ich bin da, um Sie ein bisschen frisch zu machen."

Fast flüsternd sprach sie zu ihm. Doch er hörte sie scheinbar nicht. Sein Atem ging viel zu schnell und er schwitzte unnatürlich stark.

Gemeinsam mit seiner Frau half sie ihm aus der feuchten Kleidung. Jede Bewegung schmerzte ihn, das bemerkte sie genau an seinem leisen, beinahe unterdrücktem, Stöhnen und es kostete einige Zeit. Zeit, die sie eigentlich nicht hatte, wenn es nach den Vorgaben auf ihrem Plan ging und doch war es ihr egal. Hier und jetzt war wichtig, sie nahm sich die Zeit, die ER brauchte. Er hatte es einfach verdient. An seinem Anblick und dem Zustand seiner Haut konnte sie nur zu gut erkennen, dass er eigentlich bereit war zu gehen und doch hielt ihn irgendetwas fest. Ihm fehlte die Kraft los zu lassen. Es schnürte ihr die Kehle zu, dieses Wissen mit sich herum zu tragen, während seine Frau sich an jedem Atemzug, an jedem Blick von ihm versuchte festzuhalten.

Nachdem sie ihn fertig versorgt und auch seine Frau tröstend in den Arm genommen hatte, verließ sie die Wohnung. Sie schluckte einige Tränen hinunter. Wie hart und ungerecht konnte das Leben sein. Dieser Mann hatte gerade die Rente erreicht, hätte es verdient gehabt, jetzt sein Leben zu genießen und dann schlug das Schicksal so hart zu.

Sie fragte sich, warum immer gerade die Menschen, die es am wenigsten verdient hatten, das meiste Leid ertragen mussten. Die es verdient hatten? Hatte so etwas überhaupt jemand verdient? Sofort strafte sie sich für diesen Gedanken. Doch sie konnte in solchen Momenten kaum unvoreingenommen sein... Sie sah nur zwei wundervolle Menschen, die nichts mehr wollten, als ihr Leben, ihre Zweisamkeit zu genießen und es war ihnen einfach nicht vergönnt gewesen.

Sie fragte sich, ob sie wohl jemals den Punkt erreichen würde, an dem sie bei solchen Schicksalen einfach ihre Arbeit machen und danach alles abschütteln würde. Viel zu sehr nahmen sie solche Sachen oft mit. Doch war dies ein Zustand, den sie allen Ernstes anstrebte? Gedankenschwer ging sie zum Auto zurück, stieg ein und setzte ihre Tour zum nächsten Patienten fort. Sie versuchte ihre Grübeleien fort zu schieben. Sie musste sich auf ihre Arbeit konzentrieren, denn auch die anderen Menschen hatten ihre Schicksale und auch sie hatten es verdient, ihre volle Aufmerksamkeit zu bekommen und doch ließ er sie heute nicht los. Alles war heute so anders..., sie fuhr viel langsamer als sonst, hielt das Radio ausgeschaltet. Sie war ganz bei sich.

Stunden später war das Ende ihrer Tour erreicht. Sie hatte viele Menschen versorgt, hatte sogar irgendwann gemeinsam mit ihnen lachen können. Sie hatte sehr oft das Wort 'Danke' empfangen und noch viel öfter ein 'Sehr gerne' zurück gegeben. Manchmal konnte diese Arbeit auch unwahrscheinlich erfüllend sein.

Und dann, Stunden nach ihrem heutigen ersten Besuch beim ihm, stand sie nun wieder vor seinem Haus. Inzwischen waren die Vorhänge zu seinem Fenster zugezogen. Schwaches, diffus wirkendes Licht schien auf die Straße hinaus, die von dem gerade einsetzenden Regen leicht zu glänzen begann. Sie versuchte die Stimmung des Augenblicks einzufangen, stand da, ans Auto gelehnt und schloss die Augen.

Der aufkommende Wind spielte mit ihren Haaren und wehte lose Blätter über das nasse Pflaster der Straße. In der Ferne hörte sie ein Motorrad aufheulen, als es an einer grünen Ampel in den Abend verschwand. Irgendwo auf einem Baum krächzte ein Rabe und durchkreuzte die Stille, nachdem das Motorrad sich tösend entfernt hatte. Plötzlich war es ganz still. Nur die hohen Bäume über ihr rauschten leise knarzend im Wind. Der feine Nieselregen hatte ihr Gesicht beinahe vollständig benetzt und sie öffnete langsam die Augen. Am Himmel war kein einziger Stern zu sehen und auch der Mond war von schwarzen Wolken vollkommen verdeckt. Dann zwang sie sich, sich von dem Augenblick zu lösen und hinein zu gehen.

Wortlos öffnete seine Frau die Tür. An ihrem, vor Kummer verhärmten Gesicht, hatte sich nichts geändert und leicht lächelnd strich sie ihr zur Begrüßung wortlos über den Arm.

Auch er lag unverändert lethargisch in seinem Bett und starrte mit gebrochenem Blick die Decke an. Wieder war er komplett durchgeschwitzt und noch immer atmete er viel zu schnell. Nur der Zustand seiner Haut hatte sich verändert. Die Marmorierung hatte noch weiter zugenommen und sie wusste nur zu gut, was das bedeutete.

Wieder versorgten sie ihn gemeinsam. Hin und wieder stöhnte er leise auf und sie sprach beruhigend zu ihm. Überhaupt war der gesamte Raum von einer beinahe greifbaren Stille erfasst. Man hatte das Gefühl, jedes laute Wort würde die zarte Aura für immer zerstören und alles Bedrohliche dieser Welt übermächtig in diesen Kokon aus Schutz und Geborgenheit einbrechen lassen. Das zu verhindern, darin sah sie im Moment ihre Aufgabe. Sie gab ihm die Ruhe, die er in diesen, vielleicht letzten Momenten seines Lebens, verdient hatte.

Sie kontrollierte seine Vitalwerte. Sein Puls raste. Dann sah sie seine Frau an.

„Ich denke er hat Schmerzen, starke Schmerzen…“, sagte sie leise zu ihr.

Seine Frau nickte nur.

„Ich würde ihm gern etwas geben, dass es ihm besser geht.“

Schon lange hatte die Ärztin ein starkes Schmerzmittel bei ihm gelassen, das er bei Bedarf gespritzt bekommen sollte. Etwas erschrocken blickte seine Frau sie an und nickte dann zaghaft. Still sah sie ihr dabei zu, wie sie die Spritze vorbereitete. Dann räusperte sie sich, das Sprechen fiel ihr sichtlich schwer.

„Kann ihn das...? Wird er davon...?“ Ihre Worte brachen ab und weinend ließ sie sich auf dem Sofa nieder.

Sie legte die Spritze beiseite und setzte sich zu ihr. Sie verstand genau, worauf seine Frau hinaus wollte und diese Frage schnürte ihr beinahe die Kehle zu. Sie so verzweifelt zu sehen hielt sie kaum aus. Es war, als würde seine Frau ihre Verzweiflung auf sie übertragen.

Doch gerade in diesem Moment musste sie die Professionalität beweisen, die sie sich mühsam erarbeitet hatte. Behutsam nahm sie ihre Hände.

„Auf keinen Fall wird dieses Mittel die Ursache sein“, begann sie zögernd, „aber... es kann sein, dass es ihm damit leichter fällt, loszulassen.“

Sie schluckte. Auch in ihrem Hals breitete sich ein dicker Kloß aus und es fiel ihr so unendlich schwer, stark zu bleiben. Seine Frau schluchzte auf und nickte dann erneut.

„Sind sie damit einverstanden?“, fragte sie sie erneut.

Wieder nickte sie und schnäuzte in ihr Taschentuch. Dann trat sie zurück an sein Bett und sprach ihn leise an.

„Ich gebe Ihnen etwas gegen die Schmerzen. Es wird Ihnen bald besser gehen.“

Als sie ihm das Mittel verabreicht hatte, streichelte sie erneut seine Schulter und fast unmerklich trat eine Wandlung in seinem Verhalten ein. Ganz langsam, anfangs kaum merklich, drehte er seinen Kopf zu ihr. Dann sah er sie an. Für einen kurzen Augenblick sah er ihr direkt in die Augen und sie nickte ihm zu.

„Gleich wird es besser“, sagte sie leise zu ihm und drückte seine Hand.

Dann wandte er den Blick wieder ab und fixierte erneut die Zimmerdecke. Doch sie ließ seine Hand nicht los und sprach leise weiter.

„Ich wünsche Ihnen alles Gute...!“

Das war der Moment, in dem sie sich von ihm verabschiedete... Kein auf Wiedersehen... kein bis morgen... nur... alles Gute.

Noch einmal strich sie sanft über seine Hand und umarmte seine Frau zum Abschied. Ihr Dienst war beendet und doch war dies einer dieser Momente, der sie mental beinahe zerbrechen ließ, einer dieser Augenblicke, der ihr alle Kräfte raubte.

Auf dem Weg nach Hause informierte sie ihre Vorgesetzte über die Situation und diese versprach, in Rufbereitschaft zu bleiben. Es dauert noch lange, bis ihr vor Anspannung bebender Körper zurück zur Ruhe fand und sie endlich ins Bett gehen konnte.

Zwei Stunden später klingelte ihr Handy.

Ihre Vorgesetzte informierte sie darüber, dass sie zu ihm fahren würde. Es hatte einen Anruf von der Ehefrau gegeben. Sie wollte nach dem Rechten schauen. Sie versprach, sie wieder anzurufen, sollte sie Hilfe brauchen. Dann legten sie auf und sie sank in die Kissen zurück. Plötzlich begann der Raum sich zu verändern.

Keine Minute später begann sie am ganzen Körper zu zittern, es wurde kalt, so unendlich kalt. Obwohl sie unter der warmen Decke lag, hatte sie das Gefühl, sie hätte ihren kalten Atem sehen können, wenn sie nur den Mut gehabt hätte, ihre Augen zu öffnen. Doch sie hielt sie geschlossen, wagte es nicht, sich zu rühren und plötzlich sah sie es: Sie fand sich plötzlich in einem grauen Raum wieder, sie konnte keine Details erkennen, nur das Grau zeichnete sich in unterschiedlichen Schattierungen voneinander ab. In der Mitte des Raumes konnte sie einen langen, ebenfalls grauen Tunnel erkennen, der im Halbdunklen lag. Er zeichnete sich dennoch deutlich vom Grau der Umgebung ab.

Nur einige Sekunden später formte sich eine schwarze menschliche Silhouette vor ihren Augen und bedeckte das graue, unwirkliche Licht fast vollständig. Sie füllte die Mitte des Tunnels beinahe vollständig aus. Noch immer wagte sie es nicht, die Augen zu öffnen.

‚Gute Reise!'

Das waren die einzigen Worte, die sie der schattenhaften Gestalt, die nach und nach in dem Tunnel verschwand, ja, irgendwie hinein gesogen wurde, im Geiste mit auf dem Weg gab. Und je weiter sie sich von ihr entfernte, desto wärmer wurde ihr wieder.

Langsam liefen die Tränen über ihr Gesicht und erst als alles verschwunden war, wagte sie es, die Augen zu öffnen. Sie starrte in die Dunkelheit des Zimmers und blieb noch einen Moment lang regungslos liegen, musste verarbeiten, was gerade geschehen war. Nur Sekunden später zerschnitt ihr Handy abermals die Stille.

Erneut rief ihre Vorgesetzte sie an und mit leiser Stimme erzählte sie ihr, was sie in diesem Augenblick längst wusste...

LEICHTSINN

'Komm... komm zu uns... wir warten auf dich.'

Sie schwitzte..., sie rannte..., fühlte sich verloren. Bedrohliche Schatten legten sich über ihre Augen als sie angstvoll, den Blick in den Himmel gerichtet, dem riesigen Schwarm schwarzer Vögel folgte. Ihr Atem ging schwer und sie musste sich nieder knien. Tief sogen ihre Lungen die kalte Luft der trüben Novembernacht ein und bekamen doch keinen Sauerstoff. Es tat weh, es tat einfach nur weh. Um ihren Brustkorb legte sich, wie Schraubstöcken gleich, eine Macht, die sie einengte, die sie gefangen nahm und nie wieder los lassen würde. Sie versuchte zu schreien, versuchte sich bemerkbar zu machen aber alles was ihren leeren Lungenflügeln entwich, war ein jämmerliches Fiepsen. Wieder schaute sie voller Panik nach oben.

Der Schwarm schwarzer Vögel war näher gekommen. Laut krächzend ließen sie sich in den nebelverhangenen Kronen knorriger Bäume nieder und ihre neugierigen und scheinbar mordlüsternden Augen starrten sie an. Wie viele waren es? Zehn? Hunderte? Tausende? Ihre Krallen legten sich spitz um die nasskalt glänzenden Äste im Mondlicht, schauerlich breiteten sie ihre Flügel aus, scheinbar zu jeder Kampfeslust bereit, sobald sie es auch nur wagte, sich einen Zentimeter zu bewegen.

Erschöpft legte sie sich in den nassen Matsch der den Weg bedeckte und ließ den Blick sinken. Die Atemlosigkeit, die Schmerzen und die Enge in der Brust ließen sie erschöpfen. War es ihr Schicksal, hier und heute ihr Leben auszuhauchen? Waren diese schwarzen Vögel ihre Begleiter in die jenseitige Welt?

'Komm... du bist schon ganz nah... es ist nicht mehr weit...'

Immer wieder hatte sie diese Stimmen im Kopf, immer wieder flüsterten sie ihr zu und sie verstand doch nichts.

Was wollten diese Stimmen von ihr? Wohin sollte sie kommen?

Sie brauchte Luft... sie brauchte so dringend Luft. Sie versuchte, sich mit den Händen abzustützen und so etwas aufzurichten. Es fiel ihr unendlich schwer. Wie Blei lag die Last auf ihren Gliedern.

'Ja... steh auf... finde uns... hilf uns...'

Was? Helfen?? Wem sollte sie helfen??? Sie wandte den Blick wieder zu den Vögeln, die noch immer über ihr saßen und sie unverändert anstarrten. Endlich... ein bisschen Luft... sie hatte das Gefühl, als würde der Schraubstock um ihren Brustkorb sich etwas lösen.

Nach scheinbar unendlicher Anstrengung schaffte sie es, sich aufzusetzen. Sie atmete schwer, es tat immer noch weh aber sie atmete. Endlich füllten sich ihre Lungenflügel mit dem so dringend notwendigen Sauerstoff.

„Wem...?“, keuchte sie noch ohne Stimme, „... wem soll ich helfen? Wie... kann... ich helfen?“

'Komm... du musst uns finden... komm zu uns... hilf uns!'

Dann schreckte sie auf. Sie riss die Augen auf und keuchte schwer – in ihrem Bett.

Durch das Fenster strahlte die Sonne einen unglaublich schönen Herbsttag hinein. Sie brauchte einen Moment, um sich an die Helligkeit des Tages zu gewöhnen. Sie atmete immer noch schwer, während sie sich langsam aufrichtete und versuchte, diesen düsteren Traum von letzter Nacht aus ihrem Kopf zu streichen.

Ihr Blick fiel auf den gepackten Rucksack, der vor dem Schrank stand und in dem bereits ein Buch über die gesamte Anlage, etwas Süßes und ein paar Taschentücher Platz gefunden hatten.

Schweißgebadet schlug sie die Bettdecke beiseite und stand leise ächzend aus ihrem Bett auf. Diese Nacht hatte sie unendlich viel Kraft gekostet. Und sie grübelte... was sollte dieser Traum nur bedeuten?

Sie hatte ihn nicht zum ersten Mal geträumt... Diese Stimmen, immer wieder riefen sie nach ihr. Immer wieder baten sie darum, gefunden zu werden. Immer wieder verlangten sie nach Hilfe. Hatte es überhaupt eine Bedeutung?

Seit sie beschlossen hatte, die alten Heilstätten zu besuchen, sprachen die Stimmen beinahe jede Nacht zu ihr. Immer wieder floh sie vor schwarzen Vögeln, die sie mordlüstern anstarrten.

Sie beschloss, erst einmal duschen zu gehen und den Schweiß von letzter Nacht abzuspülen.

Ihre Kehle fühlte sich an wie ausgedörrt und so trank sie ein ganzes Glas Wasser aus, während es unter Dusche heiß dampfend aus dem Duschkopf rann.

Laut seufzend stieß die Erleichterung aus ihr heraus, als sie das Glas von ihren Lippen abgesetzt hatte. Sie ließ den Bademantel, der ihren Körper eingehüllt hatte, zu Boden gleiten und betrat die Duschkabine. Der warme Wasserschwall ließ sie entspannen und spülte die trüben Gedanken der letzten Nacht fort. Sie fühlte sich leichter – endlich. Und nachdem sie sich angezogen und frisiert hatte, ging sie in die Küche, um sich endlich einen Kaffee zu machen.

Sie ließ sich am Küchentisch nieder und gedankenverloren blätterte sie zum hundertsten Mal die Broschüre ihres heutigen Ausflugsziels durch. Heute... ja heute würde sie das erste Mal ihre Fähigkeiten auf die Probe stellen. Heute wollte sie es wissen und sie wusste genau, wie sie das anstellen würde.

Gerüchten zufolge sollte dieses geschichtsträchtige Areal ein Garant dafür sein, genau diese Energien wahr zu nehmen, nach denen sie sich seit geraumer Zeit sehnte. Sie wusste, dass sie in der Lage war, diese Dinge zu empfinden, doch noch nie hatte sie sich ernsthaft und selbstbestimmt darauf eingelassen. Heute würde sich das ändern.

Ihr Blick blieb an einem Gebäude haften, dass sie scheinbar magisch in ihren Bann zog. Wenn sie die leeren Fenster des barocken Altbaus betrachtete, sah sie nicht zerfallene Wände, sie sah auch nicht den kleinen Baum, der aus gebrochenem Mauerwerk wuchs.

Das was SIE sah, waren Damen in wallenden schwarzen Kleidern mit weißen Schürzen und Häubchen auf dem Kopf. Sie hörte Stimmen, Lachen und leises Husten. Sie hörte Vögel, die unablässig zwitscherten, während vor dem Haus weiße Laken im Sonnenlicht trockneten. Sie liebte dieses Gebäude und konnte es kaum erwarten, es endlich aus der Nähe zu betrachten.

Sie leerte den Rest ihres Kaffees mit einem Zug, griff nach ihrem Rucksack und trat endlich vor das Haus. Die Sonne strahlte weiter unablässig vom azurblauen Himmel und die letzten gelben Blätter, an den sonst leeren Zweigen des großen Ahornbaumes, wehten leicht im Wind. Irgendwann würden auch sie davon geweht werden. Aber noch schafften sie es mit letzter Kraft, sich zu halten.

Sie zog sich ihre Mütze weiter über die Ohren, es war wirklich kalt. Die Sonne hatte längst nicht mehr die Kraft die Erde zu erwärmen, wie sie es im Sommer noch getan hatte. Dann stieg sie ins Auto ein und startete den Motor. Sie hielt noch einmal kurz inne und hatte plötzlich wieder die Stimmen aus ihrem Traum im Kopf.

'Ja... mach dich auf den Weg... komm zu uns...!'

Sie runzelte kurz die Stirn und schüttelte den Kopf. Seltsam..., wirklich seltsam kam ihr das alles vor. Und doch sah sie keinen Grund, diese Dinge zu hinterfragen. Ihr Ziel war heute ein scheinbar ganz anderes und so fuhr sie mit dem Wagen vom Parkplatz in einen Tag mit ganz neuen Erkenntnissen hinein.

Knirschend gab der Kiesel unter den Rädern ihres Autos nach, als sie es 2 Stunden später langsam auf den Parkplatz des alten Klinikgeländes lenkte. Die Fahrt über die Autobahn war beschwerlich und voll von Stau und Baustellen gewesen. Die zwei Stunden Fahrt waren ihr wie eine Ewigkeit vorgekommen. Doch nun stand sie hier auf dem großen Schotterplatz inmitten von anderen Autos und sah sich still um.

Von hier aus deutete noch nichts auf das imposante Areal hin, das hinter hohen und vom Sicherheitsdienst bewachten Zäunen auf sie wartete.

So oft hatte sie in den Medien von diesem alten Gelände gehört. Sie hatte die verschiedensten Berichte über die alte Klinik mitten im Wald gesehen, fing an, sich zu interessieren und es zu erforschen. Doch viel weiter als bis zu den allseits bekannten Berichten war sie nie gekommen. Sie hatte auch die tollsten Geschichten über paranormale Erlebnisse dort gehört und deshalb hatte sie sich heute auf den Weg gemacht, selbst zu erkunden, wie viel Wahrheit hinter diesen Geschichten steckte. Heute und hier sah sie ihre Chance, ihre eigenen Fähigkeiten, so sie denn vorhanden waren, in ein ganz anderes Licht zu rücken.

Sie hatte beschlossen sich diesen Energien vollkommen zu öffnen, hatte im Vorfeld viel meditiert, versucht, den Kopf von anderen Sorgen und Belastungen zu befreien. Natürlich hatte sie niemandem erzählt, was sie vor hatte.

Das war eine Erfahrung, die sie ganz mit sich selbst machen wollte, nein, machen musste. Sie musste die Ängste und Unsicherheiten der Vergangenheit endlich zurück lassen und sich öffnen, endlich zeigen, was in ihr steckte.

Sie blieb noch einen Moment im Auto sitzen, ließ die hohen alten Bäume auf sich wirken und horchte in sich hinein. Es herrschte Frieden..., tiefe Ruhe in ihr. Einen Moment lang hatte sie geglaubt eine Emotion aufzufangen. Sie konnte sie nicht einordnen, es war ein Funken nur, der in ihrer Seele aufflackerte. Dieser Funken hatte ausgereicht, um ihr zu sagen, dass dort etwas auf sie wartete.

Still beobachtete sie die Menschen, die in verschieden kleinen Gruppen das hohe Eingangstor passierten. Dann entschied auch sie, endlich auszusteigen. Kurz kam leiser Zweifel in ihr auf. Warum hatte sie sich eigentlich niemanden mitgenommen, der ihr im Ernstfall vielleicht doch beistehen konnte? Sie kannte die Antwort, wusste, dass sie sich diesem Ort ganz hingeben wollte und zwar allein. Sie hatte oft davon gehört, dass es sehr gefährlich sein konnte, sich dermaßen zu öffnen. Was sie vorhatte, konnte man als leichtsinnig bezeichnen aber sie hatte ihren Entschluss gefasst.

Sie hielt sich für stark genug, damit umzugehen und es aushalten zu können, was auch immer dort geschehen mochte. Sie war nun endlich bereit. Zu lange hatte sie diese Fähigkeiten unterdrückt, gar verleugnet. Hier und jetzt war der Tag gekommen, das zu ändern. Dann atmete sie noch einmal tief durch und verließ das Auto.

Härter als gewollt schlug sie die Tür zu und zuckte aufgeschreckt zusammen. Sie brauchte einen Moment, um wieder ganz bei sich zu sein und folgte dann den Menschen durch das große Tor. Gleich rechts am Weg erwartete sie ein Gebäude mit einem Erkertürmchen zur Straße hin. Und plötzlich spürte sie es. Es war, als würde sie eine Macht in dieses Gebäude ziehen.

Eine Wesenheit beobachtete sie aus dem Fenster, das konnte sie deutlich spüren, auch wenn sie nichts erkennen konnte. Augenblicklich fühlte sie sich gefesselt und hätte nicht ein Zaun den Zugang zu dem Haus versperrt, wäre sie wohl einfach hineingegangen.

Doch so schaffte sie es mühevoll, sich nach einiger Zeit von dem Fenster zu lösen und weiter zu gehen.

Einen Moment lang später und noch gut 100 Meter von dem nächsten Gebäude entfernt, hatte sie plötzlich den Geruch gekochter Wäsche in der Nase. Es war nur ein kurzer Augenblick aber doch intensiv genug, um ihn sicher wahrzunehmen. Sie runzelte kurz die Stirn und zögerte eine Sekunde, um dann doch auf das Schild zuzugehen, das vor dem nächsten Gebäude stand. Was sie darauf las, ließ ihr beinahe das Blut in den Adern gefrieren. Sie stand vor der ehemaligen klinikeigenen Wäscherei. Fassungslos starrte sie auf die alten Bilder, die Frauen in weißen Kitteln vor Waschtrögen stehend zeigten. War es wirklich so einfach? Was wollten diese „Erinnerungen“ von ihr? Konnte sie tatsächlich einfach so beschließen, sich zu öffnen und schon prasselte es nur so auf sie herein? Sie beschloss, ein bisschen vorsichtiger zu sein, wusste nun, dass sie sich diesem Komplex doch nicht vollends hingeben durfte.

Dann ging sie weiter und erreichte den offiziellen Treffpunkt von dem aus die Touren durch das Innere der Häuser starteten. Auf jeden Fall wollte sie eine Führung durch das Haupthaus mitmachen, dem alten Barockbau und fühlte sich in mitten einer Menschengruppe auch halbwegs sicher. Immer wieder holte sie ihr Handy hervor und machte Bilder. Den Akku hatte sie extra auf den Weg hierher im Auto geladen.

Dann begann die Führung. Ihr Tourguide gab sich wirklich alle Mühe, berichtete von der Erbauungsphase dieser Klinik, den hauptsächlichen Schwerpunkten der Behandlungsmöglichkeiten und von prominenten Patienten, von denen natürlich zu damaliger Zeit keiner wissen durfte.

Vor dem Haupthaus angekommen passierten sie nacheinander das große hölzerne Tor und standen in einem imposanten Eingangsbereich. Leider machte sich der Vandalismus der vergangenen Jahre auch in diesem Gebäude, wie in vielen verbliebenen Zeugnissen dieser Zeit, durch Schmierereien und zerstörte Wände mehr als deutlich. Es musste einmal ein wunderschönes Haus gewesen sein, auch das konnte sie spüren.

Aber was sie vor allem vom Moment des Eintretens an wahr nahm, war eine Eiseskälte, die sie umgab. Sie zog den Gürtel ihres Mantels fester zu, wohlwissend, dass das nicht das Geringste bringen würde. Diese Kälte wurde nicht durch den wärmenden Stoff der Kleidung abgehalten, diese Kälte griff nach ihrer Seele.

Immer weiter machte sie Fotos – unzählige. Gedankenverloren... beinahe fremdgesteuert lief sie die endlosen Flure entlang, war wie hypnotisiert und hatte den Anschluss an die Gruppe längst verloren. Irgendwann führte ihr Weg sie in einen runden Raum, zu dem ein paar Stufen hinab gingen. Und hier änderte sich die Schwingung. Etwas griff nach ihr..., etwas zerrte an ihr. Plötzlich war der Schraubstock aus ihrem Traum noch enger um ihren Brustkorb geschlungen als sie es je vorher ertragen musste.

Urplötzlich sah sie sich einer Macht ausgesetzt, die stärker war als sie. Sie hatte ein schmerzhaftes Stechen in der Brust, schloss die Augen und versuchte dem Schwindel, der sie umfing, durch tiefe Atemzüge entgegenzuwirken. Doch so sehr sie sich auch bemühte, sie war plötzlich scheinbar nicht mehr in der Lage, ihre Lungen mit Luft zu füllen. Sie atmete und atmete und hatte doch das Gefühl zu ersticken. Von dem Moment an wusste sie es! Sie wusste was diese Träume bedeuteten, spürte, warum sie hier war. Mit geschlossenen Augen versuchte sie zu fokussieren, sich zu erden, zu entspannen. Es zerrte, etwas griff nach ihr, packte sie und hielt sie gefangen. Sie war noch nicht stark genug, hatte keine Kraft, sich all dem entgegenzustellen.

Dann öffnete sie die Augen, sah sich panisch in dem Raum um. Die ganze Welt um sie herum schien sich zu drehen. Sie war ganz allein, atmete und atmete und bekam doch keine Luft. Dann ging ihr Handy aus. Sie musste sich lösen, musste hinaus und doch stand sie fest, wie angewurzelt, in diesem runden Raum. Die kahlen Bäume von den Fenstern schienen sie voll Hohn anzustarren.

‚Du hast es so gewollt, du hast dich darauf eingelassen…‘

Sie wusste, sie musste sich konzentrieren, musste ihre Panik unterdrücken und endlich ruhiger werden.

Sie versuchte es, schloss ihre Augen wieder und konzentrierte sich auf ihre innere Kraft, schickte Licht und Frieden in den Raum und holte so ihre Stärke zurück. Sie begriff, dass sie die Macht über die Situation zurück erhielt. Der Schraubstock löste sich und sie konnte endlich wieder etwas atmen. Dann schaffte sie es, sich zu bewegen. Einen Schritt nach dem anderen tat sie und nach scheinbar endlosen Minuten konnte sie schließlich diesen Raum zu verlassen.

Vor der Tür angekommen tat sie ein paar tiefe, befreiende Atemzüge. Der Tourguide hatte ihre Panik bemerkt und war ihr voll Sorge gefolgt.

„Alles in Ordnung...?“

Mit geschlossenen Augen nickte sie und keuchte noch immer leicht atemlos.

„Dieser runde Raum da drin...? Was war das für ein Raum?"

„Im Erdgeschoss der...?"

Sie nickte wortlos.

„Das war der Behandlungsraum für die schwerst Tuberkulosekranken. Warum...?"

Fortsetzung folgt...

47
Einzelinhalations-
rau

ENTSCHLOSSENHEIT

Plätschernd rann der kleine Bach neben dem Parkplatz über im Weg liegende Kieselsteine. Sie stiegen aus dem Auto und sie gab sich einen Moment der Stille des Abends hin. In der Ferne zeichnete die untergehende Sonne einen orangeroten Streifen in den Himmel. Die Sterne funkelten am dunklen Firmament und die goldene Sichel des Mondes neigte sich seinem Ende entgegen.

Tief atmete sie durch, schloss kurz die Augen und ließ das Plätschern des Baches auf sich wirken. Sofort entspannte sie sich, spürte, wie sich die Ruhe bis in ihre Fingerspitzen ausbreitete. Das war er! Das war einer jener Momente, der sie das Leben spüren ließ. Augenblicklich vergaß sie alles um sich herum. Sie vergaß den Stress des vergangenen Tages, die Tränen, die in den Gesprächen geweint wurden, in denen sie saß, um objektiv Gesundheitszustände einzuschätzen. Wie oft hätte sie in diesen Situationen gern mehr als einmal einfach nur auf ihr Herz gehört? Aber das durfte sie nicht. Kühl und scheinbar unbeeindruckt ließ sie die Tränen der Menschen und deren Angehörigen verrinnen, ohne wirklich die Zeit zu haben, darauf einzugehen. Sie musste immer wieder versuchen, so schnell wie möglich zum Thema zurück zu kommen. Dieser Umstand ließ sie kalt und gefühllos wirken, scheinbar zu keiner Empathie fähig. Doch genau das Gegenteil war der Fall. Wie oft hatte sie nach solchen Gesprächen schon die Ruhe des Waldes bei einem Spaziergang gesucht, weil ihre eigenen Gefühle ihr bei der Nachbearbeitung der Termine im Weg standen. Die Objektivität ging oft verloren sobald sie wieder im Auto saß und blieb vergraben, bis sie vor der nächsten Tür stand. Doch jetzt, in diesem Moment, konnte sie alles fließen lassen, was ihr eigentliches ICH, ihre eigene Persönlichkeit, ausmachte.

Tief sog sie die kalte Luft in ihre Lungen und fühlte sich endlich erlöst..., erlöst von dem Tag, den Emotionen, die nicht ihre waren und von einer Woche, die ihr einfach alles abverlangt hatte.

Nun standen sie vor dem Haus ihrer Freunde und wurden zum Abendessen erwartet. Die Fenster waren hell erleuchtet und strahlten in die Dunkelheit. Drinnen war es sicher warm, der Kamin war an und das Essen duftete durch das ganze Haus. Sie liebte diese Abende bei ihren Freunden. Sie fühlte sich willkommen und sie gaben sich immer besonders viel Mühe, sie zu verwöhnen.

„Mama, können wir endlich rein gehen? Mir ist kalt!"

Ihre 7-jährige Tochter stand fröstelnd, mit den Füßen trampelnd, neben ihr und konnte die geistige Abwesenheit ihrer Mutter überhaupt nicht verstehen. Die helle und etwas vorwurfsvolle Stimme des kleinen Mädchens holte sie in die Wirklichkeit zurück. Noch einmal schmunzelte sie still in die Dunkelheit und legte dann den Arm um die Schulter der Kleinen. Arm in Arm überquerten sie die Straße und klingelten freudig und entspannt an der Haustür.

Natürlich war es genauso wie sie erwartet hatte. Und es wurde sehr gemütlich. Sie liebte es, vor dem Kamin zu stehen und sich von der wohligen Wärme über ihren Rücken streicheln zu lassen.

Dann stand das Essen auf dem Tisch. Dampfend warteten Kartoffeln, Klöße, Rotkohl und Entenbraten darauf, verspeist zu werden. Es war herrlich und so erholsam. Eine kleine nette Runde bestehend aus ihrer Freundin, mit ihrem Mann und deren Tochter.

Die Stimmung war ausgelassen und fröhlich und so hätte es wohl bleiben können, wenn nicht ihre Tochter in dem Moment ausgesprochen hätte, was sie insgeheim schon lange wusste und als Geheimnis mit sich herum schleppte.

Ihr blieb beinahe das Essen im Hals stecken, als ihre Tochter den einen Satz sagte, der in dieser Runde nicht unpassender hätte sein können: „Mama, wir haben einen Geist bei uns Zuhause."

Sofort herrschte betretenes Schweigen am Tisch und alle sahen sich abwechselnd an, das konnte sie aus dem Augenwinkel erkennen. Nur sie sah nicht in die Runde..., sie sah auf ihre Tochter. Die saß auf ihrem Stuhl und steckte sich gerade die nächste Portion Kartoffeln in den Mund, als wäre das, was sie gesagt hatte, das Normalste auf der Welt für sie gewesen. Sie versuchte irgendeine Regung im Gesicht des Kindes zu erkennen, das ihr in dem Moment, für eine einzige Sekunde nur, völlig fremd geworden war. Wie konnte sie so etwas sagen? Wie konnte sie hier und jetzt mit so einer beiläufigen Art und Weise eine Tatsache auf den Tisch bringen, die im echten, im realen Leben keine Bedeutung hatte, keine Bedeutung haben durfte?

„Wie meinst du das?", fragte sie leise.

„So wie ich es gesagt hab", ihre Tochter sah ihr verständnislos in die Augen, „wir haben einen Geist bei uns Zuhause!"

„Aber warum glaubst du das?"

„Weil ich ihn gesehen habe!"

„Wo...", sie musste sich kurz räuspern, „wo hast du ihn gesehen?"

„Na, in meinem Zimmer..."

Sie machte sich inzwischen gar nicht mehr die Mühe ihre Mutter anzusehen, aß seelenruhig weiter ihr Essen, als würde sie die Erlebnisse eines Schultages berichten.

„Was hast du genau gesehen?"

„Einen Mann... er sah aus wie Onkel Fred... aber er hatte ganz kaputte Sachen an."

Fred... ein Lächeln huschte, in Sekundenschnelle über ihre Lippen, die vor Anspannung ganz schmal geworden waren. Niemandem am Tisch war dieses Lächeln aufgefallen. Am wenigsten ihr selbst. Fred war ihr Nachbar gewesen.

Er hatte ihre Tochter vergöttert. Sie war so oft zum Spielen bei ihm gewesen, dass sie es schon nicht mehr zählen konnte. Die Beiden waren die besten Freunde auf der Welt. Er hatte sie zu allerlei Unsinn angestiftet und sie hatten jede Menge zu lachen gehabt, wenn sie zusammen waren. Plötzlich, sie wusste gar nicht warum es gerade diese war, kam ihr eine Erinnerung in den Sinn.

Fred und ihre Tochter hatten ihr einen Streich gespielt. Hatten eine Wasserbombe über der Tür zur Waschküche so befestigt, dass die sich lösen musste, sobald nur die Tür geöffnet wurde. Dummerweise war sie zu der Zeit genau da drin und kümmerte sich gerade um die Wäsche. Sie hatte die Maschine befüllt, angestellt und wollte die Waschküche gerade verlassen, als ihr der kleine, mit Wasser gefüllte, Ballon mitten auf den Kopf klatschte, dort zersprang und ihre Haare komplett durchnässte. Laut hatte sie nach Luft gejapst. Genauso wie Fred und ihre Tochter. Nur sie japsten nicht wegen dem Wasser, sondern weil sie vor Lachen auf der Wiese vor der Waschküche lagen und sich nicht mehr einkriegten. Sie war ihnen nicht lange böse gewesen..., konnte es nicht. Und hatte sich schließlich lachend dazu gelegt. Das war Fred. Er war für ihre Kleine ein Opaersatz gewesen, denn ihren leiblichen Opa hatte sie nie kennengelernt. Sie bildeten ein Team. Bis zu jenem Nachmittag im August. Sie hatten auf der Terrasse gesessen und Fred zum Kaffeetrinken eingeladen. Doch er kam nicht. Unpünktlichkeit entsprach überhaupt nicht seinem Naturell. Nachdem er schließlich 10 Minuten überfällig war, ging sie mit seinem Haustürschlüssel zu ihm rüber. Den Schlüssel hatte Fred ihr mal für den Ernstfall gegeben.

„Bin ja schließlich nicht mehr der Jüngste", hatte er mit einem schiefen Grinsen zu ihr gesagt.

Mit rasendem Herzen schloss sie die Haustür auf und rief nach ihm. Doch sie bekam keine Antwort. Je öfter sie rief, desto leiser wurde ihre Stimme. Sie wusste, dass etwas passiert war. Hatte es schon gespürt, als sie ins Haus getreten war.

Die Atmosphäre im Haus hatte sich verändert. War es doch vorher von Leben und Freude erfüllt, spürte sie nun deutlich die lastende Stille, die auf allem lag. Leise ging sie von Zimmer zu Zimmer, bis sie ihn schließlich im Wohnzimmer auf dem Boden liegend fand. Die Schranktür war geöffnet und ein kleines Schächtelchen lag neben ihm auf dem Boden. Darauf stand in goldenen Lettern der Name ihrer Tochter.

Schnell war ihr damals klar geworden, dass sie nichts mehr für ihn tun konnte. Die Zeichen waren eindeutig und sie hatte die Ausbildung, dies auch zu erkennen.

Ein Rinnsal aus Tränen lief über ihr Gesicht, während sie seine kalte Hand streichelte.

Und nun saß sie hier am Tisch und sah ihrer Tochter beim Essen zu. Sie sah das kleine Kettchen um ihren Hals, das ein kleiner grüner Stein in einer Goldfassung zierte. Irgendwann nach der Beerdigung und nachdem sich alle Wogen wieder geglättet hatten, hatte sie ihrer Tochter die kleine Schachtel von ihrem besten Freund überreicht. Seit diesem Tag hatte sie die Kette nie wieder abgenommen.

„Onkel Fred...?“, brachte sie mit heiserer, schon fast krächzender Stimme heraus.

„Ja ... Onkel Fred... er stand mitten in meinem Zimmer...“

„Wann?“

„Vor ein paar Tagen... da bin ich in mein Zimmer gegangen und da stand er...“

„Hat er was gesagt?“

„Nur Hallo...“

„Und dann?“

„... ist er durchs Fenster weg geflogen.“

„Und du bist dir sicher, dass es Onkel Fred gewesen ist?“

„Jaaa... sag ich doch... er sah ganz genauso aus!“

Konnten 7-jährige schon genervt von ihren Eltern sein? In diesem Moment schien es so.

„Was hat er denn an gehabt?“

„Na, so alte kaputte Sachen... Mama warum willst du das denn alles wissen?"

Es schien für sie das Normalste der Welt zu sein, über diese Dinge zu reden. Doch am Tisch war betretendes Schweigen eingekehrt. Alle sahen sich stumm an, bis der Mann ihrer Freundin abwinkend aufstand und einige leere Teller abräumte. Das war im Allgemeinen die Reaktion, die man erwarten konnte, wenn man sich über diese Dinge austauschte. Doch sie wusste es besser. Auch sie hatte schon oft Schritte in ihrem Haus wahrgenommen, wo eigentlich keine sein konnten.

Und auch Stimmen hatte sie schon öfter gehört. Nur zuordnen hatte sie sie nie können und für sie klang das Stimmengewirr aus mindestens zwei Stimmen auch eher wie ein Gespräch untereinander. Sie hatte nicht das Gefühl, dass die Stimmen den Kontakt zu ihr suchten.

„Naja, es interessiert mich eben..."

„Ich möchte jetzt aber nicht mehr darüber reden!"

„Warum?"

„Ich möchte einfach nicht..."

Still musterte sie ihr Kind. Das sah ihr gar nicht ähnlich. Wieso blockte sie plötzlich ab? Sie hatten sich bisher immer alles erzählt. Ihre Intuition sagte ihr, dass da was nicht stimmte. Dieser Fred war nicht der, der er vorgab zu sein und dieser Gedanke beunruhigte sie zutiefst. Ihr Herz begann zu rasen und sie musste sich zur Ruhe zwingen um einen klaren Gedanken fassen zu können. Wer war er? Was war er? Was wollte er von ihrem Kind? Ihre Tochter hatte inzwischen aufgegessen und war spielen gegangen. Sie kam ihr komisch vor. War sie das? Oder redete sie sich das ein, weil sie selbst so verängstigt war von den Geschehnissen in ihrem Haus?

Als sie sich von ihren Freunden verabschiedet und wieder nach Hause gekommen waren, beschloss sie eine weitere Freundin um Rat zu bitten. Diese kannte sich mit dem Übernatürlichen aus, wusste wie man sich ungebetene „Gäste" fern halten konnte.

Mit rasendem Herzen saß sie am PC und schilderte ihr in einem Onlinechat, was vorgefallen war. Wie sehr sie sich wünschte sie wäre jetzt hier. Aber die Beiden trennten viele Kilometer Autobahn und sie hatte keine andere Wahl, als mit der Sache allein klar zu kommen. Von ihrer Freundin bekam sie ein paar Schutzrunen, die sie im Zimmer ihrer Tochter verteilen sollte, um die unerwünschte Energie zu bannen.

Sie nahm sich fest vor, diese auch anzuwenden obwohl sie schon Zweifel hatte, ob es tatsächlich etwas bringen würde. War dieser „Geist Fred“ nicht vielleicht doch ein Produkt kindlicher Fantasie? Andererseits was sollte es schaden? Am Ende konnten beide nur gewinnen.

Als ihre Tochter dann später endlich im Bett lag, hatte sie einige Mühe sie davon zu überzeugen endlich zu schlafen. Immer wieder war sie aufgestanden und war zu ihr gekommen, weil sie ein Klopfen an der Tür bemerkt oder andere Geräusche gehört hatte, die sie ängstigten.

Die Zeit verrann und allmählich glaubte sie, dass es doch nötig war, die Runen irgendwann anzuwenden.

Es war schon fast Mitternacht, als sie den Fernseher im Untergeschoss des Hauses endlich ausschaltete und auch beschloss ins Bett zu gehen. Sie löschte im Wohnzimmer das Licht, anschließend im Flur.

Müde und ausgelaugt stieg sie die knarrenden Treppen hinauf ins Obergeschoss, in dem ihr Schlafzimmer lag. Das Kinderzimmer lag dem Schlafzimmer gleich gegenüber. Bleiern lag die Müdigkeit auf ihren Lidern und die paar Stufen kamen ihr elendig lang vor.

Das Haus lag in einem schummerigen Licht, als sie endlich oben ankam und plötzlich stockte... Stimmen! Sie hörte eindeutig Stimmen. Was war das jetzt? Sie hörte deutlich, wie sich mehrere Männer miteinander unterhielten. Zwar verstand sie nicht was gesprochen wurde, doch sie hörte sie ganz deutlich. Sie wagte kaum weiter zu gehen, doch sie musste es..., sie musste nach ihrer Tochter sehen.

So zwang sie sich langsam einen Schritt vor den anderen zu setzen. Sie spürte die Präsenzen, denen sie sich näherte, konnte deutlich wahrnehmen, wie sie stärker wurden, je näher sie dem Kinderzimmer kam. Sie reagierte, wie sie immer in diesen Situationen reagierte. Es breitete sich ein Unruhegefühl in ihrem Bauch aus und ihr Herz überschlug sich fast.

Jede Faser ihres Körpers war in Alarmbereitschaft gespannt. Insgeheim versuchte sie, sich noch immer einzureden, dass es sicher nur die Gute-Nacht-Geschichte ihrer Tochter war, die immer noch aus den Boxen der Stereoanlage drang, aber sie wusste es längst besser. Die Reaktion ihres Körpers ließ keinen Zweifel zu. Das war keine Kindergeschichte die hier lief. Das waren Stimmen, die nicht hier her gehörten und die schon gar nichts im Zimmer ihrer Tochter verloren hatten. Plötzlich bemerkte sie, wie ihre Ängstlichkeit einem anderen Gefühl wich. Sie hatten hier nichts verloren und das würde sie ihnen jetzt klar machen. Ihre Angst wich purer Entschlossenheit. Es ging hier um ihr Kind und wenn es um ihr Kind ging, wurde sie zur Löwin.

Dann endlich war sie an der Kinderzimmertür angekommen und atmete noch einmal tief aus, bevor sie in den dunklen Raum trat. Eigentlich war es gar nicht so dunkel. An der Wand über dem Bett erleuchtete eine helle Lichterkette mit bunten LEDs in Form eines Drachens den Raum. Sie war geschwungen um einen fröhlich lachenden Papierdrachen. Ihre Tochter liebte ihn, auch wenn er im Laufe der Zeit schon mehrere Schwanzreparaturen über sich hatte ergehen lassen müssen. Und doch kam ihr der, mit Spielzeug überflutete Raum, heute Nacht viel dunkler vor als sonst.

Nachdem sie eingetreten war, herrschte plötzlich absolutes Schweigen. Sie hörte nichts mehr. Nicht eine einzige Stimme drang mehr an ihr Ohr. Nur das leise Atmen ihrer Tochter, die endlich tief schlief, durchstieß das ohrenbetäubende Schweigen mit tiefen, langen Atemzügen. Trotzdem sie sich so unbehaglich in dem Zimmer fühlte, war sie einfach nur unendlich dankbar, dass ihr Kind trotz allem friedlich schlafen konnte.

Schweigend setzte sie sich ans Fußende des Bettes und schloss die Augen. Sie fühlte es, sie spürte die dunkle Macht, die nach ihr griff und ihr Herz umklammert hielt. Und doch versuchte sie sich davon nicht einnehmen zu lassen. Konzentrierte sich ganz genau auf das, was ihre Freundin ihr aufgetragen hatte. Sie atmete noch einmal tief durch und begann dann mental mit den Wesenheiten zu reden.

‚Ich weiß, dass ihr hier seid! Ich weiß nicht, was euch hier noch fest hält, aber ihr dürft hier nicht bleiben!'

„Du darfst keinen Zweifel haben", hatte sie plötzlich eine Stimme im Kopf, „mach ihnen klar, wie ernst es dir ist. Sie müssen gehen! Wer auch immer da ist, macht deiner Tochter Angst. Sie dürfen nicht bleiben. Schick sie fort!!!"

Dann durchströmte sie unendliche Zuversicht und sie sah sich vor einem strahlend weißen Licht. Nein, nicht davor, sie war darin. Sie war in diesem weißen Licht, sie war das Licht. Es kam aus ihr und es entfesselte Kräfte, die sie nie für möglich gehalten hätte.

Sie sah deutlich, wie kleine graue Wesenheiten, kleine graue Wolken, immer wieder versuchten, diesen Schleier aus Licht zu durchdringen aber es gelang ihnen nicht. Sie prallten von dem Schutzschild ab und lösten sich im Nichts auf. Ihr Herz raste weiter und es kostete sie unendliche Kraft, die Prozedur durchzuhalten, aber sie schaffte es.

Neben ihr schlief ihr Kind und es war auf ihren Schutz angewiesen. Also hielt sie durch... ein Wesen nach dem anderen wies sie so von sich ab, bis das Licht zusammenbrach und sie wieder im Dunklen saß.

Erschöpft sackte sie zusammen und feine Schweißperlen rannen von ihrer Stirn. Sie atmete schwer, als hätte sie gerade einen Marathon hinter sich gebracht. Nach einer gefühlten Ewigkeit schaffte sie es endlich wieder, die Augen zu öffnen. War sie eingeschlafen? Noch immer lag die Müdigkeit schwer wie Blei auf ihren Lidern und doch erkannte sie, dass sich der Raum verändert hatte.

Die Düsternis, die er vor einer Weile noch ausgestrahlt hatte, war verschwunden.

Es war wieder das gemütliche, von Spielzeug überflutete und fröhlich wirkende Kinderzimmer ihrer kleinen Tochter. Und sie spürte noch etwas... die Hand ihres Kindes in ihrer. Sie hatte sie wohl instinktiv ergriffen, als sie im Licht gesessen hatte. Hatten sie die Wesen gemeinsam fortgeschickt? Hatte ihr Baby, wie sie sie liebevoll nannte, dabei geholfen? Sie glaubte fest daran.

Still lächelte sie in die Dunkelheit, verteilte zur Sicherheit die Runen an Fenster und Türen und auch direkt auf ihrem Kind und verließ, nach einem sachten Kuss auf die Stirn, das Kinderzimmer.

Sie hatte heute Großes vollbracht und war einen riesigen Entwicklungsschritt gegangen. Doch jetzt wollte sie nur noch schlafen...

SCHUTZ

Dunkle Schatten streiften durch das dichte Dickicht hoher Laubbäume. Lodernd erhellten rußende Fackeln den Weg des Trosses aus Männern, Frauen und Kindern, die teilweise schleichend, teilweise humpelnd den ungesicherten Berghang hinunter stiegen. Leuchtende Augen wilder Katzen und Füchse verschwanden im Dunkel des schützenden Dickichts. Ein Käuzchen schrie und leises Babyweinen zerschnitt die Ruhe der der Nacht.

Der Mond schien hell und schaffte es doch kaum, den Weg zu beleuchten, auf dem sich die Menschen befanden. Sie waren auf dem Weg zur Burg. Es war ihre letzte Zuflucht, ihr letzter Schutz in einem Krieg, den sie nicht begonnen aber darunter zu leiden hatten.

Ein kleines Mädchen mit rehbraunen Augen und wallenden braunen Haaren hatte sich unter einem Haufen von Fellen in einem ratternden Planwagen versteckt. Sie war ganz allein unterwegs, hatte in diesem Wahnsinn Mutter, Vater und drei Brüder verloren. Fremde Menschen hatten sich ihrer angenommen und kümmerten sich so gut es ging um sie.

Ihr Blick schweifte verloren auf die Menschen, die scheinbar hoffnungslos mit gebrochenen Augen hinter dem Wagen herliefen. Über die Köpfe der Leute hinweg sah sie den hellen Mond dessen Strahlen zitterig die Blätter der Bäume durchdrangen. Der Ruf des Käuzchens wurde schwächer, augenscheinlich suchte es sich ein anders Jagdrevier, da ihre Gemeinschaft alle Mäuse schlagartig verjagt hatte.

Das Mädchen wischte sich schniefend die Haarsträhnen aus dem Gesicht. Viel zu oft hatte es in den letzten Wochen geweint, den Glauben an die Hoffnung verloren. Zu grausam waren die Bilder, die sie noch immer jede Nacht bis in ihre Träume verfolgten.

Sie sah wie ihr Vater und ihre Brüder Seite an Seite starben, während sie versuchten, ihre Familie vor den Eindringlingen zu beschützen.

Spürte, wie ihre Mutter sie in der hintersten Ecke des großen Kamins, der ohne Feuerholz seit Tagen erkaltet war, versteckte und ihre reine weiße Haut mit Asche einrieb, um sie unsichtbar vor den Schergen eines grausamen Fürsten zu verbergen, der nichts anderes im Sinn hatte, als seinen eigenen Reichtum zu mehren. Sie hörte die letzten Worte ihrer Mutter, die sie beschworen, niemals diesen Kamin zu verlassen, koste es was es wolle und was auch immer sie höre. Sie konnte sich noch daran erinnern, wie ihre Mutter zur Tür gestürzt war um sie zu verschließen, als sie just in dem Moment von den Männern aufgestoßen wurde. Sie hörte den entsetzten Schrei, als sie vor den Männern angsterfüllt zurück wich. Die polternden Stimmen, die sie aufforderten die längst leeren Geldbeutel zu öffnen, um die viel zu hohen Steuern zu zahlen. Natürlich konnte sie es nicht..., wie auch? Die Felder lagen brach, die Brunnen waren leer, eine entsetzliche Dürre hatte alle Ernte zu Nichte gemacht.

Voll von Angst und Panik hatte sich das kleine Mädchen beide Hände auf den Mund gepresst, um ja keinen Laut von sich zu geben. Sie spürte die schweren Schritte, die suchend die kleine Hütte abwanderten, spürte den Atem in ihrem Gesicht, wie er ihr eine kleine Haarsträhne aus der Stirn wehte, als einer der Männer den Kamin absuchte. So fest sie konnte hatte sie sich gegen die Kaminwand gepresst, die Augen fest zusammen gekniffen, um ja nicht entdeckt zu werden.

„Der Kamin ist schon lange aus, das werdet ihr nichts mehr finden. Bitte... wir haben schon lange nichts mehr, leben seit Wochen von der Hand in den Mund. Bitte... lasst uns in Frieden!"

„Wer lebt noch mit dir hier?", polterte eine dunkle Stimme in das große schwarze Loch, ohne den Blick aus der Dunkelheit abzuwenden.

„Niemand...", entgegnete ihre Mutter hektisch, „wirklich, ich bin hier nur noch allein. Mein Mann und meine Söhne starben bei dem Versuch, unser Dorf zu schützen."

Nun weinte sie.

„Bitte... ich habe nichts mehr... bitte geht und lasst mich hier allein in meinem Schmerz... bitte!“

Sie hörte ein leises Poltern... wahrscheinlich war ihre Mutter flehend auf die Knie gefallen. Der Mann, mit dem Gesicht im Kamin lachte leise auf.

„Wie denkst du dir das, Schuld ist Schuld und die muss beglichen werden...“

Dann wandte er sich vom Kamin ab. Endlich!

„... du wirst mit uns kommen und deine Schuld anderweitig begleichen.“

Sie hörte wie ihre Mutter weinte und schrie, den festen Griffen der Männer jedoch nichts entgegen zu setzen hatte. Sie zerrten sie aus der Hütte und das war das Letzte, was sie von ihr gehört hatte. Noch Stunden hatte sie weinend in dem schmutzigen Kamin gehockt und die Tränen hatten helle Rinnsale in ihr von Asche graues Gesicht gezeichnet.

Irgendwann hatten vorbeiziehende Menschen, die in dem verwüsteten Dorf Rast machten und die Hütte nach Brauchbarem absuchten, ihr leises Weinen gehört und sie bei sich aufgenommen. Seitdem hatte sie nie wieder ein Wort gesprochen, lag nun unter stinkenden Tierfellen und wartete auf die Dinge, die da kommen würden.

„Mama kommst du?“, rief ihr eine glockenhelle Stimme nach und riss sie aus ihren Gedanken. Wie aus einem tiefen Traum war sie aufgeschreckt und wandte sich um. Ihre Tochter und ihr Mann waren schon gut 50m von ihr entfernt und fröhlich hüpfte ihr Kind der stattlichen Burg entgegen. Gluchzend lachte sie, als ihr Vater einen Scherz nach dem anderen machte. Es war der erste Urlaub seit Jahren und sie wollte ihn genießen. Sie war müde und erschöpft. Zu sehr hatten die letzten Monate an ihren Nerven gezerrt.

„Nun komm schon...“, rief ihre Tochter wieder, nun noch weiter entfernt.

Irgendwas hatte sie stutzig werden lassen. Hatte sie gerade das Getrappel von Pferden auf dem Kopfsteinpflaster gehört? Und warum hatte sie plötzlich ein Mädchen mit rehbraunen Augen und braunen langen Haaren vor Augen?

Sie war traurig gewesen, sehr sehr traurig. Sie hatte diese Trauer förmlich gespürt, hätte augenblicklich weinen können. Und sie hatte den Geruch von toten Tieren in der Nase, rieb sich voll Ekel gedankenverloren ihre Arme, als wollte sie Schmutz abwischen, der daran haftete. Sie schloss einmal kurz die Augen und schüttelte beinahe unmerklich den Kopf. Versuchte, die Bilder, die darin spukten, wieder los zu werden. Dann atmete sie tief durch und folgte ihrer Familie.

Auf dem großen Platz vor der Burg waren Menschen über Menschen, einige, die nicht so gut zu Fuß waren, ließen sich von einem Kleinbus ins Tal fahren. Scheinbar hunderte Schritte hallten von den ehrwürdigen Mauern wieder, die sie auf den Kopfsteinpflaster hinterließen.

Ein großes Tor führte die Menschenmenge in das Innere der Burganlage, dessen spitze Türme majestätisch und von allen Kriegen unversehrt in den blauen und wolkenlosen Himmel ragten. Umringt von tiefen Laubwäldern thronte es würdevoll auf einem hohen Felsen über dem Tal. Der Wind frischte auf und brachte die Kronen der Bäume um sie herum zum wanken. Leise flüsterten sie ihre Geschichte den Menschen entgegen. Jedem, der in der Lage war sie zu verstehen. Was mochten sie wohl gesehen haben in all den Jahrhunderten?

Während sie ihrer Familie langsam ins Tal folgte, ging ihr das kleine braunhaarige Mädchen nicht aus dem Kopf. Es war so wahnsinnig präsent, ließ sie nicht mehr los.

Als auch sie endlich am großen Tor angekommen war, lief ihr ein kalter Schauer über den Rücken und leichte Gänsehaut breitete sich über ihren Armen aus. Sie spürte, dass sie hier nicht allein waren. Natürlich nicht, um sie herum waren gefühlt hunderte von Menschen.

Aber die waren es nicht, die sie die Kälte spüren ließ. Inzwischen kannte sie ihre Fähigkeiten gut genug um zu wissen, wann etwas anderes als die reine menschliche Natur sich ihr zeigte.

Ihr Blick richtete sich nach oben zu einem der Erkerfenster. Da war etwas... da war etwas und beobachtete sie. Und sie beobachtete ebenfalls, war gefesselt von diesem Fenster.

„Was wollen wir denn als erstes machen? Also ich möchte schon gern eine Führung mitmachen... was denkst du?"

Ihr Mann sah sie erwartungsvoll an, doch sie blieb ihm eine Antwort schuldig.

„Hm?"

„Ich hab dich gefragt, wie wir es angehen wollen hier... was ist denn los mit dir?"

„Ich weiß nicht...", antwortete sie zögernd, „... irgendwas ist hier..."

„Was?"

„Keine Ahnung... es ist nur ein Gefühl... ein Bild was ich im Kopf hatte."

„Ach komm", entgegnete er, „wahrscheinlich nur ein Film den du mal gesehen hast."

Ihr Mann tat sich noch schwer ihre Fähigkeiten hinzunehmen, obwohl er nur zu genau wusste, dass sie eindeutig vorhanden waren. Auch er war in der Lage, bestimmte Schwingungen aufzunehmen, wenn er sie denn zuließ. Doch meistens schob er sie von sich weg. Er war zu sehr Realist, um zuzugeben, dass diese Dinge, mit denen sie sich nun schon seit Monaten beschäftigte, tatsächlich existierten.

Sie beschlossen, zuerst die Schatzkammer zu besuchen und anschließend an einer Führung durch die Burg teilzunehmen. Sie musste zugeben, die Schatzkammer interessierte sie nicht besonders. Dieser übertriebene Prunk hatte sie noch nie beeindruckt. Schon fast gelangweilt zog sie an etlichen goldenen und silbernen Tellern, Bechern, Bestecken und Tischleuchtern vorbei. Sie konnte sich nicht vorstellen, auch nur einen Bissen von solchem Geschirr zu essen.

Wieder hatte sie Bilder aus vergangenen Tagen im Kopf, die riesige Wildbraten und allerlei andere Speisen zeigten, dass sich beinahe der Tisch bog. Sie sah einen dicken König daran sitzen mit seinem Hofgefolge, das mit knurrenden Mägen daneben stand und neidvoll auf die gedeckte Tafel starrte, während der dicke König einen Becher Wein nach dem anderen leerte. Sie musste etwas schmunzeln, denn dieses Bild vom dicken König war keine Vision. Dieses Bild war ihr eigenes und gehörte auch eher in die Welt der Märchen als in die reale Vergangenheit.

Diese Art, sich über übermäßigen Prunk und Protz lustig zu machen, lag ihr und sie konnte sich ein weiteres Grinsen nicht verkneifen. Ein wenig respektlos kam sie sich schon vor dabei, doch das war ihr in dem Moment egal. Es war einfach nur maßlos übertrieben und sie hatte absolut kein Verständnis für solch eine Lebensweise. Als hätte jemand ihre Gedanken belauscht, bekam sie genau in diesem Moment die Quittung für ihre Respektlosigkeit. Schlagartig wurde ihr kalt und die Welt um sie herum drehte sich. Ihr wurde übel, so übel, dass sie es in diesen Räumen nicht mehr aushalten konnte.

„Ich muss hier raus“, sagte sie kurz zu ihrem Mann und ohne eine Reaktion abzuwarten, verließ sie augenblicklich die Schatzkammer.

Sie irrte durch enge Gänge, atmete tief durch und musste einmal sogar stehen bleiben, weil sie das Gefühl hatte, ihre Beine würden ihr versagen. Sie sandte ein Stoßgebet zum Himmel und bat in Gedanken um Verzeihung, hatte aber nicht das Gefühl, dass es etwas bewirkte. Da war jemand richtig zornig. Im richtigen Leben hätte sie es wohl mit einem gekränkten Ego verglichen.

Als sie endlich den Ausgang gefunden und wieder frische Luft eingeatmet hatte, wurde es ihr schlagartig besser. Sie wusste, sie hatte den „Hüter“ des Schatzes in diesen Räumen zurück gelassen und war äußerst dankbar dafür.

Still setzte sie sich auf eine Bank und wartete darauf, dass ihre Familie ihr folgte, was sie ein paar Minuten später auch tat.

„Was war denn los?“, wollte ihr Mann wissen.

„Mir war plötzlich so schwindlig und übel, ich musste da einfach raus.“

Die Hintergründe ersparte sie ihm. Sie wusste, dass er die sowieso nicht hören wollte.

Nach ein paar Minuten hatte sie diesen Vorfall beinahe vergessen. Ihr ging es besser und ihre Tochter schaffte es mit ihrer unbedarften Freude, sie hervorragend abzulenken. Ein bisschen mussten sie noch warten, bis die nächste Führung endlich begann.

Sie waren eine Gruppe von etwa 20 Leuten, die von einem Tourguide durch die Burg begleitet wurden. Vorbei an alten Gemälden mit den Konterfeis verschiedenster Herrscher und deren Familien zog die Gruppe von Raum zu Raum. Sie durchquerten Schlaf- und Spielzimmer, bestaunten Himmelbett und Schaukelpferd. Die Erzählungen des Tourguides waren aufschlussreich und gründlich. Trotzdem war sie nicht ganz bei der Sache. Immer wieder hatte sie das Gefühl beobachtet zu werden, ließ sich absichtlich von der Gruppe etwas zurückfallen, um die Räumlichkeiten intensiver auf sich wirken zu lassen.

Auf dem Weg in den großen Empfangssaal hatte sie noch stärker als vorher das Gefühl, begleitet zu werden. Ihre Tochter war inzwischen auf dem Arm ihres Mannes, der sie trug. Das fröhliche Lächeln im Gesicht ihres Kindes war verschwunden. Irgendetwas stimmte nicht. Dann wurde auch ihr Mann darauf aufmerksam.

„Was ist los?“, fragte er die Kleine.

Sie zitterte am ganzen Körper und antwortete nicht.

„Schatz, was ist?“

Besorgt strich sie ihrem Kind über den Rücken.

„Mir ist nicht gut, mir ist so komisch, kalt und schlecht... irgendwie...“, stammelte sie.

„Wollen wir raus gehen?“

„Wir kommen jetzt nicht mehr raus!“, zischte ihr Mann sie leise an.

„Wenn ich mit ihr raus will, dann komme ich auch raus!!!“, zischte sie genauso leise aber deutlich wütender zurück.

„Mami, ich will das weiter hören...“, erklärte ihre Tochter, immer noch zitternd wie Espenlaub.

Natürlich wollte sie das, sie wäre auch barfuß über Glasscherben gelaufen, nur damit ihre Eltern sich nicht stritten. Manchmal bewunderte sie ihre Willenskraft und Stärke. Sie konnte nicht glauben, dass solche Charaktereigenschaften schon in so jungen Jahren möglich waren.

„Ok Schatz, wenn du willst... bleiben wir.“

Sie betrachtete sie still. Inzwischen war sie kreidebleich und hing wie ein Häufchen Elend im Arm ihres Vaters. Hier stimmte etwas nicht. Sie war eigentlich kerngesund, die letzte Mahlzeit war auch lange genug her um zu wissen, dass das keine Magenverstimmung war. Irgendetwas setzte ihrer Kleinen zu, irgendetwas, das auch sie schon bei Ankunft an der Burg wahrgenommen hatte.

Plötzlich spürte sie, wie sich ihr inneres weißes Licht immer weiter in ihr ausbreitete. Nicht erst einmal hatte sie es bereits angewendet, um sich selbst von negativen Energien oder Gedanken zu reinigen. Es funktionierte hervorragend und auch in diesem Moment breitete es sich fast von allein um ihre Familie aus. Sie bemühte sich sehr, ihre innere Kraft und Zuversicht aufrecht zu halten. Konnte nun fühlen, was ihre Tochter fühlte. Augenblicklich wurde sie schwächer, sie fror und ihr war unendlich übel. Auch sie zitterte nun am ganzen Körper. Und doch hielt sie stand.

‚Lass mein Kind in Ruhe, verschwinde von hier!!! ‘

Ohne dass auch nur ein Wort aus ihrem Mund drang, beschwor sie die Energie, die sich so unerlaubt ihrer Tochter genähert hatte. Feine Schweißperlen rannen ihr über ihre Stirn und sie schloss kurz die Augen. Plötzlich hatte sie wieder die Kleine mit den rehbraunen Augen vor sich.

Kauernd saß sie verängstigt hinter einem der vielen Stühle in dem Saal und blickte auf das, was um sie herum geschah.

Aber sie spürte genau, dass von dem Rehaugenmädchen nicht diese negative Energie ausging. Vielmehr war sie ihr unterworfen.

Unbemerkt von den anderen atmete sie immer schwerer. Der Tourguide machte seine Erklärungen wie die ganze Zeit über schon und die Leute achteten nicht auf das Drama, das sich um sie herum abspielte. Einen Moment lang war sie von dem Tun ums sich herum abgelenkt, spürte wie ihr Licht schwächer und die Energie stärker wurde. Ihr Herz raste und sie bemühte sich sehr, den Schild wieder aufzubauen. Wieder atmete sie tief durch und beschwor die Energie erneut.

‚Geh... von... meinem...Kind.. weg...!!!‘

Sie musste sich schon sehr zusammenreißen, die Worte nicht laut auszusprechen.

Dann begann sie die Maßnahmen zu verstärken und zeichnete, sogar von ihrer Tochter unbemerkt oder nur unkommentiert, Schutzsymbole auf den Rücken und die Stirn. Diese ganze Prozedur ereignete sich innerhalb kürzester Zeit, verlangte ihr jedoch alles ab.

Dann spürte sie, wie es leichter wurde, auch ihre Tochter beruhigte sich etwas. Die Energie ließ von ihr ab. Ob sie ganz verschwand... das festzustellen war sie nicht mehr in der Lage. Sie war völlig erledigt und heilfroh als der Tourguide fröhlich das Ende der Führung ankündigte.

Nach einer gefühlten Ewigkeit konnten sie die Burg endlich verlassen. Augenblicklich hellten sich die Gesichtszüge ihres Kindes auf und sie war wieder ganz die Alte. Was auch immer in diesen Räumen „gewütet“ hatte, hatte nun von ihnen abgelassen.

„Alles gut?“, wollte ihr Mann wissen, als er ihr besorgt in die müden Augen blickte.

Matt lächelte sie: „Alles gut... wieder... lass uns gehen... bitte... ich möchte hier weg.“

Er setzte ihre Tochter vorsichtig auf dem Kopfsteinpflaster ab und fröhlich hüpfte sie vor ihren Eltern her, als wäre nie etwas passiert.

Doch sie wusste es besser. Während sie fortgingen zum Parkplatz, wo der kleine Bus bereits auf neue Fahrgäste wartete, blickte sie sich noch einmal nach dem kleinen Erkerfenster um.

War da das Rehaugenmädchen und winkte ihr?

VERBUNDENHEIT

Graue Nebelschwaden hingen in den Kronen scheinbar abgestorbener Bäume. Die Eiseskälte kroch in jede ihrer Körperzellen und bei jedem ihrer hektischen Atemzüge stieß ihr fiebriger Körper kleine Wolken in die beinahe schwarze Nacht.

Wild um sich schauend umschlangen ihre nackten Arme ihren schlotternden Leib und sie stolperte barfuß über bizarr in die Dunkelheit gestreckte Äste. Einige Zweige knacksten unter dem Gewicht ihres angsterfüllten Körpers. Ihre vor Panik weit aufgerissenen Augen starrten in das schwarze Loch vor ihr, das eine Allee aus großen Ahornbäumen bildete. Ihr weißes Nachthemd war am Saum vom Dreck ganz grau geworden. Sie blieb kurz stehen, zwang sich einen Moment zur Ruhe und da war es wieder, das unheilvolle Grollen. Von allen Seiten schob es sich in einiger Entfernung auf sie zu. Es war schon wesentlich näher als zuvor, sie musste weiter, durfte nicht stehen bleiben.

„Bitte lieber Gott", flehte sie leise zum Himmel, „bitte steh mir jetzt bei, ich muss weiter, ich kann nicht stehen bleiben. Ich darf es nicht!"

Zögernd setzte sie ihren Weg fort. Einen Schritt nach dem anderen ging sie zaghaft weiter voran. Das Grollen nahm zu, stetig wurde es lauter. Weiter... weiter... schnell... sie lief schneller... und noch schneller. Dann trat sie auf einen gen Himmel gestreckten Zweig und schrie vor Schmerzen auf. Augenblicklich fiel sie auf die Knie und hielt sich ihren verletzten Fuß. Ein kleines Rinnsal roten Blutes rann ihr über die Finger.

Das Grollen kam näher, immer näher. Inzwischen konnte sie es beinahe körperlich spüren. Jedes ihrer Körperhaare richtete sich vibrierend auf. Dann war es über ihr.

Ein dunkles Grollen in tief dunkler Nacht hüllte sie ein, ohne dass sie auch das geringste dagegen hätte tun können.

Sie vergrub ihr Gesicht tief in ihre Arme und verbarg es so vor dem Unheil, dass sie vollständig erfasst hatte. Laut gellte ein Schrei durch die Dunkelheit... bevor alle Geräusche für immer verstummten.

Als sie erwachte war sie schweißgebadet, nicht in der Lage sich zu rühren. Ihr Atem ging immer noch schnell. Dieser Traum... dieser Traum machte sie schier wahnsinnig. Sie konnte nicht mehr zählen wie oft sie ihn schon hatte erdulden müssen. Innerlich bebte sie noch immer.

Schließlich zwang sie sich, sich zu bewegen. Zaghaft streckte sie den kleinen Finger, dann die ganze Hand. Die Bewegungen ihres Körpers zwangen sie in die Wirklichkeit zurück. Wie in Zeitlupe erhob sie sich und atmete tief aus. Still blickte sie sich in ihrem Zimmer um und wischte sich scheinbar in Gedanken versunken die Tränen aus dem Gesicht, die sie im Traum geweint hatte.

Dann schlug sie die Decke zurück, schlüpfte in ihre Hausschuhe und stellte sich vor das Fenster. Es war geöffnet und der süße Duft des Frühlings stieg ihr in die Nase. Sie konnte die ersten zarten Blätter im orangegelben Licht der Straßenlaterne erkennen. Draußen war alles wie immer. Ihr kleines rotes Auto stand vor dem Haus und wartete geduldig auf die nächste Reise in den Tag.

Langsam beruhigte sie sich. Ihr Atem wurde regelmäßiger, flachte ab. Schon so viele Male hatte sie diesen schrecklichen Traum gehabt und noch immer nicht den Sinn dahinter verstanden. Er machte ihr Angst, erschütterte sie bis ins Mark. Es musste einen Sinn dahinter geben, es musste einfach so sein. Dann beschloss sie duschen zu gehen. Das heiße Wasser tat ihr gut und spülte die letzten trüben Gedanken mitsamt ihren Ängsten fort.

Dann wechselte sie die Bettwäsche und kochte sich einen Kakao. Mit der dampfenden Tasse in der einen Hand und einem Liebesroman in der anderen kroch sie in die Kissen zurück.

Sie entzündete eine Kerze und gab sich einem Moment lang ihrem flatternden Licht hin. Tief sog sie den süßen Duft, der aus der Tasse strömte, die sie mit beiden Händen umfasst hatte, in sich ein. Sie genoss die wohlige Wärme, die sich in ihr ausbreitete, als er ihre Kehle hinunterlief.

Es war bereits 3 Uhr nachts als sie versuchte in den Schlaf zurück zu finden. Doch ihre Ängste flammten erneut auf, wenn sie nur die Augen schloss. Und da...Plötzlich!!! Da war es wieder, dieses dumpfe Grollen aus ihren Traum, sie riss die Augen auf. Es grollte und grollte... aber es grollte zu regelmäßig, es war wie... ihr Handy!!! Sofort sprang sie aus dem Bett. Wer rief sie denn mitten in der Nacht an?

Sie riss ihren Rucksack vom Stuhl und fing an darin zu kramen. Wo war es denn? Verdammt wo? Wo war es? Noch bevor sie es gefunden hatte, hörte das Grollen auf. Der Anrufer hatte aufgelegt.

Als sie es endlich gefunden hatte, stellte sie fest, dass sie bereits vier neue Nachrichten auf ihrer Mailbox hatte. Beim Abhören stockte ihr der Atem. Es war ihre Freundin, eigentlich mehr als das, ihre Seelenverwandte. Sie waren sich so nah, so vertraut wie es nur selten in einem Leben vorkam.

„Hey Süße", flötete es fröhlich in ihr Ohr, „ich wollte dir nur eben Bescheid geben. Heute wage ich es, heute geh ich rein. Irgendwann muss ich mich meinen Ängsten ja mal stellen. Nur dass du Bescheid weißt... bye, bye."

Es piepte. Die Stimme ihrer Mailbox kündigte ihr die nächste Nachricht an, nur eine halbe Stunde später.

„Meine Güte, weißt du wie groß einem dieses Haus im Dunkeln vorkommt?"

Sie wirkte unsicher, irgendwie stiller.

„Aber ich muss es tun, es ist beinahe so, als würde es mich wollen... hörst du? Es ruft mich... ich..."

Ende der Nachricht. Ohne das Abhören zu beenden, verstand sie plötzlich.

'Oh Gott... '

Sie sprang in ihre Jeans und warf sich den weißen Pullover über. Noch während sie die Treppe zur Haustür herunter stürzte, spielte die Mailbox ihr die dritte Nachricht ab. Die Stimme am anderen Ende flüsterte nur noch.

„Es ist so kalt hier, so..."

Sie hörte, wie Scherben und Dreck unter den Füßen ihrer Freundin knirschten.

„Ich bin hier ganz allein... bin ich allein? Ich... Oh Gott... nein..."

Der Anruf brach ab. Das war vor einer guten Stunde, genau zu der Zeit, als sie ihren schrecklichen Alptraum hatte.

Sie sprang ins Auto und startete es. Sie wusste genau wo sie hinfahren musste. Es war eine alte Villa draußen vor der Stadt. Als Kinder hatten sie einmal dort drinnen verstecken gespielt und schon damals hatte irgendetwas sie in seinen Bann gezogen. Irgendetwas da drinnen hatte sie voneinander getrennt. Stundenlang waren sie im Dunklen durch die Flure gestolpert, jeder für sich ohne sich je zu begegnen. Erst ein Suchtrupp aus Eltern, Verwandten und Freunden hatten sie dort drinnen gefunden und nach Hause gebracht. Seitdem waren sie nie wieder dort gewesen. Und doch hatte ihre Freundin immer wieder darüber gesprochen, dass sie noch einmal in dieses Haus gehen wollte. Sie war der Meinung, sich ihren Ängsten stellen zu müssen. Es zog sie in ihren Bann und sie hatte ihr immer davon abgeraten. Sie traute diesem Haus nicht. Irgendetwas war damals mit ihnen da drin passiert. Und doch war sie nun, bebend vor Angst und entgegen allem was sie wollte, auf dem Weg dorthin.

Die 4. Nachricht enthielt keine Sprache mehr, sie hörte nur Schritte, Schritte die sich in dem Haus über Dreck und Glasscherben bewegten. Sie wusste was das bedeutete. Es hatte sie wieder gefangen genommen, sie irrte wieder durch die Flure, apathisch, allein, nicht fähig, sich gegen das zu wehren, was das Haus eigentlich mit ihr im Sinn hatte.

Sie war ein Köder. Ein Köder für die Person, die es eigentlich wollte. Die Person, die jetzt mit, in Panik aufgerissenen Augen, im Auto saß und unter, mit Nebelschwaden behangenen Ahornbäumen, entlangfuhr.

Dann endlich erreichte sie das Haus. Das schwarze Auto ihrer Freundin strahlte hell das fahle Licht des Vollmonds wieder. Hektisch wählte sie die Nummer ihrer Freundin und hielt kurz inne, hoffte irgendwie, sie sei schon wieder raus. Doch sie wusste es besser.

Kaum das sie aus ihrem Auto gestiegen war, hüllte die Eiseskälte der schwarzen Fenster sie ein. Es zerrte von ihr, von ihrer Energie, und das schon hier draußen.

Irgendwann sagte ihr eine Computerstimme, dass der Teilnehmer im Moment nicht erreichbar war und sie es später wieder versuchen sollte. Sie legte auf und hielt das Telefon fest umklammert. Ihr wurde schwindlig und augenblicklich stiegen Tränen in ihr auf. Ihr ganzer Körper bebte, als sie den Blick, immer auf die Fenster gerichtet, langsam auf das Haus zulief. Sie hatte Angst, sie hatte solche Angst dort hinein zu gehen. Jede Faser ihres Körpers war zum Zerreißen gespannt, sie wollte es nicht und doch musste sie es.

Knirschend gab der Sand unter ihren Füßen nach. Meter für Meter überwand sie und Stück für Stück kam die schwarze Tür auf sie zu. Dann stand sie davor. Sie war nur angelehnt und quietschend und knarrend gab sie nach, als sie sie langsam aufschob.

„Annie?“, rief sie flüsternd, wohl wissend, dass das keinen Sinn machte.

Leise ging sie weiter. Sie spürte, wie die Macht des Hauses versuchte, erneut Besitz von ihr zu ergreifen. Doch sie hatte dazu gelernt, in all den Jahren war sie sich ihrer Fähigkeiten bewusstgeworden und hatte gelernt, sich gegen diese Angriffe und Verführungen zur Wehr zu setzen. Doch war sie stark genug, um sich hier, genau hier, gegen die Mysterien des Hauses zu wehren?

„Annie... wo bist du?“, rief sie ein zweites Mal, nun schon etwas lauter.

Leise hallte ihr Echo von den hohen Wänden der Eingangshalle wieder. Noch immer bekam sie keine Antwort, nur ihr Herz raste und Beklemmungen in der Brust hielten sie umschlungen.

Immer weiter ging sie und nun vernahm sie das Knirschen von Dreck und Glasscherben, das sie vorher auf der Mailbox gehört hatte, unter ihren eigenen Füßen. Sie zitterte am ganzen Leib, konnte sich kaum aufrecht halten und doch trieb die Angst um ihre Freundin sie weiter. Doch wo sollte sie suchen? Das Haus war riesig. Dann hatte sie eine Idee. Erneut wählte sie die Rufnummer ihrer Freundin und wartete. Doch es baute sich keine Verbindung auf.

Wieder versuchte sie es und ein drittes Mal... Langsam wandelte ihre Angst sich in Entschlossenheit und plötzlich gelang es ihr. Es klingelte und sie blieb stehen, lauschte. Weit in der Ferne vernahm sie ein schrilles Telefonklingeln und wieder und nochmal. Das Handy ihrer Freundin, es klingelte und wenn sie es noch immer bei sich trug, dann war sie ganz in der Nähe.

Je tiefer sie ins Innere des Hauses vordrang, desto dunkler wurde es. Der Mond verlor an Leuchtkraft. Mit zittrigen Händen legte sie auf und betätigte die Taschenlampenfunktion ihres Handys. Dann wählte sie erneut die Nummer ihrer Freundin. Nun war das Klingeln schon näher und doch reagierte sie nicht auf ihre Rufe. Plötzlich! Ein Knall... in einer der oberen Etagen war eine Tür zugeflogen. Es versuchte sie abzulenken, sie auf eine falsche Fährte zu locken. Doch sie ließ sich nicht beirren. Die Liebe in ihrem Herzen, die Liebe zu ihrer Freundin trieb sie weiter. Dann verstummte das Klingeln des Handys, wieder sprach die Computerstimme zu ihr. Sie legte rasch auf und wählte die Nummer erneut. Dann, nach ca. 20 weiteren Metern, hatte sie eine Tür erreicht, die weit offenstand. Es war die Tür zum Kaminzimmer und als sie hineinblickte, sah sie ihre Freundin.

Sie stand am Fenster, den Blick starr in den Garten gerichtet. Ihr Handy lag auf dem Boden, sicher war es ihr irgendwann aus der Hand gerutscht.

„Annie..?!“

Leise flüsternd trat sie ein. Noch immer erhielt sie keine Antwort. Langsam ging sie auf ihre Freundin zu.

„Annie..!“

Sie umfasste Annie’s Schulter und noch immer rührte sie sich nicht, starrte nur in die dunkle Nacht hinaus.

„Annie... ich bin hier... komm, wir müssen gehen. Was ist mit dir? Ist alles in Ordnung?“

Noch ehe sie zu Ende gesprochen hatte, hörte sie wieder Türen, die zuknallten und Schritte, die sich näherten. Zuerst im Flur, dann im Zimmer. Sie wurde panisch, immer näher kam das Unheil und sie war nicht in der Lage, etwas dagegen zu tun.

„Annie... verdammt... komm wir müssen raus hier.“

Dann endlich sah sie sie an. Ein schmales Lächeln umspielte ihre Lippen.

„Wir können nicht gehen. Wir müssen bleiben... so wie damals, wir gehören hierher.“

„Annie was redest du da? Wir müssen hier raus. Wir...“

Die Schritte kamen immer näher, sie waren nur noch gut fünf Meter von ihr entfernt. Ihr Herz sprang ihr fast aus der Brust. Sie hatte keine Wahl. Sie konnten hier nicht raus. Sie würde Annie in diesem Zustand nie aus dem Haus kriegen und um nichts in der Welt würde sie sie hier alleine lassen. Also musste sie sich ihren Ängsten stellen, endlich gegen die Dämonen ankämpfen, die sie seit damals gefangen hielten.

„Gut..., wenn du es so willst...“

Sie stellte sich schützend vor ihre Freundin und bündelte all ihre Kräfte, die sie in diesem Moment aus sich herausholen konnte.

„Du... wirst uns in Ruhe lassen... ein für alle Mal.“

Sie schloss ihre Augen und schickte einen übergroßen imaginären Schild, voll positiver Energie dem Wesen entgegen, das bis auf ein paar Zentimeter an sie herangetreten war. Sie schickte das weiße Licht der positiven Energie in den Raum und kurz darauf hatte es sie komplett eingehüllt. Ihre Ängste erstarben und Frieden und ein Gefühl puren Glücks hüllten sie ein.

‚Du kannst... du musst hier nicht bleiben... für dich gibt es einen anderen Ort. Einen Ort an dem du sicher bist. Geh... geh dort hin und werde glücklich. Du kannst nicht länger von uns zehren', dachte sie, ohne die Worte auszusprechen.

Irgendwann verließen sie die Kräfte und ihr imaginärer Schild brach zusammen. Erschöpft sank sie auf die Knie und hielt die Augen geschlossen. Sie atmete schwer.

„Hey...", hörte sie eine leise Stimme hinter ihr und spürte, wie eine zarte Hand ihre Schultern umfasste.

„Geht es dir gut?"

Sie öffnete die Augen und sah in das sorgenvolle Gesicht von Annie. Sie nickte.

„Alles gut... mir geht es gut... ich glaub wir haben es geschafft... sie..."

Sie stockte, konnte nicht weiter reden.

„... sie ist fort...", beendete Annie ihren Satz. „Du hast ihr all ihren Zorn, ihre Hoffnungslosigkeit und ihre Trauer genommen. Sie konnte nun gehen."

Woher Annie das wusste? Sie konnte es nicht sagen. Aber sie wusste, dass sie recht hatte. Sie hatte gelernt, sich ihrer Fähigkeiten bewusst zu werden und sie an der richtigen Stelle einzusetzen. Nie wieder würden diese Dinge sie so paralysieren, sie würde ihnen offen entgegentreten und mit dem nötigen Respekt und ganz viel positiver Energie ins Licht schicken können, bevor sie jene Trauer und Verzweiflung unter die Menschen brachten, die sie so viele Jahre ihres Lebens in sich gespürt hatte.

Nun wusste sie diese Empfindungen einzuordnen und sie zuzulassen.

„Lass uns gehen!"

Erschöpft lächelte sie ihre Freundin an und stand dann vom Fußboden auf. Hand in Hand verließen sie die Villa, die einst ein

Heim für Waisenkinder gewesen war. Nur einen einzigen Todesfall hatte es in all den Jahren gegeben. Eine junge Erzieherin, die sich stets um ihre Schützlinge gekümmert hatte, hatte beim Versuch einen Ball vom Schrank im Kaminzimmer zu holen den Halt verloren und sich beim Sturz auf den harten Boden so schwere Verletzungen zugezogen, dass sie daran schließlich starb. Vermutlich hatte ihre Seele, dieses Haus, in dem sie immer am glücklichsten gewesen war, nie verlassen können. Und sie hatte sich gefreut als sie und Annie sich als Kinder in das Haus verirrten, da sie es mit neuer positiver Energie füllten. Nun war sie erlöst, wie die beiden auch...

Lächelnd traten sie vor die Haustür und blinzelten freudig dem Sonnenaufgang entgegen.

VERSTÄNDNIS

Sie brauchte einige Zeit um sich zu beruhigen. Der Behandlungsraum für Schwersttuberkulosekranke? Das würde ihre Schmerzen in der Brust erklären. Was hatte ihr da drin so zugesetzt? Warum hatte es ihr so zugesetzt? Warum wollte es sie angreifen? Schon beim Eintreten in das Gebäude hatte sie diese Präsenz wahrgenommen, doch sich eigentlich nicht bedroht gefühlt. Warum dann plötzlich doch? Was war geschehen? Was hatte sich geändert? Warum hatte es sich geändert? Sie musste sich setzen, ihre Knie versagten. Zum Glück stand direkt neben ihr eine Bank auf die sie sich etwas unsanft plumpsen ließ. Der Tourguide sah sie noch immer besorgt an und setzte sich zu ihr.

„Geht es dir wirklich gut?“

Sie bemühte sich, unbekümmert zu wirken und lächelte zaghaft: „Ja, ja... mir geht es gut... ich hab nur ein wenig Kopfschmerzen und mir ist etwas schwindelig. Das wird gleich wieder.“

„Kopfschmerzen... so so...“

Er glaubte ihr nicht, das sah sie sofort.

„Was ist da drin passiert?“, setzte er sein Verhör fort.

Sie runzelte die Stirn: „Was meinst du...?“

Er sagte nichts mehr, sah sie nur an. Er wusste, dass sie versuchte, ihm etwas vor zu machen und ließ ihr Zeit.

„... gar nichts ist passiert... ich...“

Plötzlich hatte sie die Bilder von eben wieder im Kopf. Sie sah sich in dem runden Raum stehen, wie angewurzelt und mit Schmerzen in der Brust.

Augenblicklich bekam sie keine Luft mehr. Schon wieder... was immer sie dort drinnen im Griff gehabt hatte, versuchte schon wieder auf sie einzuwirken. Sie atmete schwer, versuchte weiter zu reden.

„...ich..."

Es gelang ihr nicht.

„Hey... ganz ruhig", sagte er und legte ihr seine Hand auf den Rücken, „atmen... atme tief ein und aus und wehre es ab. Wehre dich dagegen. Lass es nicht von dir Besitz ergreifen."

Sie schloss die Augen. Bemühte sich, ruhig zu atmen und schickte ihr inneres Licht, all ihre Liebe, die sie in der Lage war zu bündeln, hinaus in die imaginäre Welt, direkt in den runden Raum, der langsam vor ihrem geistigen Auge zu verschwimmen begann.

„So ist es gut...", sprach er ruhig weiter, „das machst du richtig, mach weiter."

So sehr sie sich über sein Verhalten wunderte, so wenig blieb ihr jetzt Zeit dazu. Das, was sie dort tat, nahm immens viel Kraft und Konzentration in Anspruch. Aber es wirkte.

Der runde Raum verschwamm immer mehr, der Druck und die Schmerzen auf der Brust ließen wieder nach. Sie konnte freier atmen, immer tiefer gingen ihre Atemzüge, bis das Gefühl ganz verschwunden war. Dann war sie endlich wieder in der Lage ihre Augen zu öffnen. Noch immer saß er neben ihr und hatte seine Hand auf ihrem Rücken. Jetzt erst bemerkte sie, dass er mit dem Finger ein Zeichen darauf gemalt hatte.

„Was war das?", fragte sie kaum hörbar.

„Ein Schutzsymbol... ich wollte dir ein bisschen helfen..."

Er lächelte.

„...ist es besser jetzt?"

Sie nickte, ohne den Blick von ihm abzuwenden. Wer war er? Warum tat er das? Woher wusste er so genau, was er tun musste, vor allem warum er es tun musste? Sie hatte ihm doch gar nicht erzählt, was geschehen war.

„So viele Fragen…", sagte er leise. „Lass uns gleich mal einen Kaffee trinken gehen."

Sie nickte wortlos und er ließ sie auf der Bank zurück um die Gruppe wieder zusammen zu rufen.

Sie saß da und ließ den Blick über das große Gebäude schweifen. Nun war es wieder leer, kein Mensch war mehr darin und was auch immer dort zurück geblieben war, hatte wieder seine Ruhe.

Die Balkone waren umringt von Efeu und jungen Bäumen. Fast schien es, als hole sich die Natur alles zurück. Und doch empfand sie dieses Haus als wunderschön. Es zog sie beinahe an. Sie empfand plötzlich eine tiefe innere Ruhe und Zufriedenheit, wenn sie auf das Gebäude blickte. Es war beinahe so, als würde sie wieder angezogen. Kurz überlegte sie, ob es wohl möglich wäre, noch einmal hinein zu gehen. Eigentlich war es doch gar nicht so schlimm gewesen.

„Das würde ich lassen!"

Ihr Tourguide war gerade zurück gekommen, nachdem er die Leute verabschiedet hatte.

„Was meinst du?"

„Du solltest nicht nochmal da rein gehen, du bist noch nicht so weit…"

„Ich versteh nicht was du mir sagen willst."

„Komm ich erkläre es dir…"

Sie gingen beide den langen Weg entlang, den sie kurz zuvor noch allein herauf gekommen war. Verschiedene Menschen passierten sie. Ein Ehepaar mit Kind, ein Spaziergänger mit Hund und sogar ein Jogger waren auf dem Gelände unterwegs. Hier war wirklich eine Menge los. Warum war dann das Areal trotzdem so sehr vom Verfall bedroht?

„Wie lange machst du das schon? Wie lange führst du hier schon die Leute durch die Gegend?"

Sie wollte irgendwie die Stille durchbrechen, von der sie sich sicher war, dass nur sie sie empfand. Sie glaubte, dass er jeden ihrer Gedanken lesen konnte.

Er schmunzelte leicht.

„Ein paar Jahre", sagte er ruhig.

„Und hast du hier schon viel erlebt?"

Jeder andere Mensch hätte an der Stelle gefragt, worauf sie mit dieser Frage hinaus wollte. Er nicht... er schmunzelte wieder und nickte.

„Ja... so einiges..."

„Sprichst du eigentlich auch mal ganze Sätze?"

Sie kicherte leicht und kam sich kurz darauf sehr albern vor, wie ein kleines Kind. Er schien es nicht zu bemerken.

„...manchmal... wenn es sich lohnt..."

Dann erreichten sie das Café und er hielt ihr, gentlemanlike, die Tür auf. Sie huschte mit hochrotem Kopf an ihm vorbei und hoffte sehr, dass er es nicht bemerkte. Doch was machte sie sich vor? Natürlich musste er das gesehen haben, ihr Kopf fühlte sich an, als wäre er rot wie ein Feuermelder. Doch er war höflich genug es zu ignorieren. Er nahm ihr die Jacke ab und hängte sie auf einem Bügel an der Garderobe auf. Dann suchte er einen Tisch für sie in einer der hintersten Ecken.

Kurz nachdem sie sich gesetzt hatten, kam auch schon die Kellnerin um die Bestellung aufzunehmen.

„Kaffee...?", fragte er sie.

„Tee... Pfefferminztee... wenn sie haben", korrigierte sie seine Bestellung.

Die Kellnerin nickte ihr zu und nahm seinen Wunsch nach einem Kaffee entgegen. Dann ließ sie die beiden allein.

„Wie geht's dir jetzt?", fragte er sie und sah sie forschend an.

„Ich bin..."

Sie schüttelte den Kopf.

Ja... was? Unsicher, beschämt, verwirrt, irritiert...? Was sollte sie ihm denn antworten?

„... ganz schön überfordert... nicht wahr?"

Das traf es ziemlich genau.

„Kannst du meine Gedanken lesen? Wie machst du das?"

Er kicherte leicht und augenblicklich kam sie sich wieder so albern vor. Er schien die Erfahrung aus hundert Leben in sich zu tragen und sie kam sich vor wie ein Kleinkind, dem man erzählen musste, dass eine Herdplatte, von der man gerade den Topf mit den gekochten Kartoffeln runter genommen hatte, heiß ist.

Noch bevor er antworten konnte, trat die Kellnerin wieder an ihren Tisch und brachte die Bestellung. Einen Augenblick später und nachdem sie den Dank von ihm empfangen hatte, waren sie wieder allein.

„Nein...", begann er ruhig, „so etwas kann ich nicht..."

„Aber du scheinst alles zu wissen... du antwortest auf meine Fragen, schon bevor ich sie stellen kann... wie machst du das?"

„Nicht immer ist alles so wie es scheint... Man kann nur in deinem Gesicht lesen wie in einem offenen Buch... Du bist hierher gekommen, um deine gerade erst erwachenden Fähigkeiten auf die Probe zu stellen. Das war sehr dumm. Du hast dich viel zu sehr geöffnet. Das hab ich sofort gesehen, als du in der Gruppe standest."

„Was? Aber wie konntest du...?

„Du hast geleuchtet wie eine Fackel in der Dunkelheit. Das konnte nur schief gehen da drin."

Sie hörte auf, seine Antworten zu hinterfragen. Versuchte nicht mehr, zu verstehen wie er das machte. Er machte es eben und aufgrund der Tatsache, dass er Dinge wusste, die nur sie wissen konnte, war es auch nicht schwer ihm zu glauben.

„Was war das?", fragte sie kaum hörbar.

„Auf diesem Gelände ist wahnsinnig viel passiert, dieser Ort ist voll von Geschichte, von Leid und Erinnerungen. All das schwebt noch immer durch alle Flure und Räume wie Echos aus einer vergangenen Zeit. Manchmal ist es so, dass Energien nur darauf warten, dass jemand kommt, der in der Lage ist, sie wahrzunehmen. Ich stell mir das vor wie an einem großen Bahnhof, wo hunderte Menschen auf einen Zug warten, der seit Jahrzehnten Verspätung hat. Im Lauf der Geschichte kommen immer mehr Menschen dazu und warten ebenfalls.

Irgendwann ist der Bahnsteig so voll, dass die Menschen kaum noch treten können. Und dann endlich kommt ein Zug..., dieser eine Zug, auf den sie alle gewartet haben. Die Menschen sind genervt, weil sie endlich zu ihrem Termin wollen oder zu ihren Familien nach Hause. Und wenn der Zug dann endlich angehalten hat, versuchen alle diese Menschen auf einmal einzusteigen. Alle auf einmal drängen durch die Türen und setzen dem Zug so zu, dass er fast aus den Schienen kippt."

„Und ich... bin wie dieser Zug meinst du?"

Er lächelte.

„Ganz genau... du warst für die Energien da drin endlich ihr Zug nach Hause. Nur war das alles viel zu viel für dich, diese Masse an Passagieren konntest du nicht bewältigen und es hätte dich fast umgehauen, nur weil du dich zu sehr geöffnet hast. Tu das nie wieder. Das kann nur schief gehen."

„Meinst du denn, dass sie mir weh tun wollten?"

Sein Blick ging ins Leere. Gedankenverloren umspielten seine Finger den Rand der Kaffeetasse und er antworte nicht. Fast wollte sie ihre Frage noch einmal wiederholen, weil sie zweifelte, ob er sie wirklich verstanden hatte. Da sah er sie plötzlich wieder an.

„Sicher gibt es auch unter den Energien solche, die nicht sehr freundlich sind... das ist wie bei den Menschen zu Lebzeiten, da ist auch nicht jeder nett. Ich habe da aber eher eine andere Theorie."

„Und die wäre?"

„Stell dir vor, du stehst am Bahnhof und du möchtest einfach nur nach Hause. Aber alle Züge die kommen, fahren an dir vorbei, weil dein Bahnhof nicht als Haltestelle auf dem Fahrplan steht. Irgendwann bist du ungeduldig, vielleicht auch wütend oder frustriert. Du wirst zornig, weil du einfach nur endlich dort weg willst und dann, dann kommt er endlich, der eine Zug der hält, auf den du so lange gewartet hast..."

„Ich versteh nicht...."

„... ich denke, dass die Energien einfach gespürt haben, dass du endlich eine bist, die anders ist. Und du hast dich ihnen geöffnet. Alle wollten zu dir... du warst diejenige, auf die sie so lange gewartet haben. Und sie wollten es alle auf einmal. Das war einfach zu viel für dich...“

Er hielt kurz inne und sah sie still an, dann fuhr er fort.

„Wie lange machst du das schon?“

„Mach ich was...?“

„Kontakt aufnehmen... seit wann wendest du deine Fähigkeiten an?“

Jetzt war sie es, die gedankenverloren den Finger um den Tassenrand kreisen ließ.

„Bis vor kurzem wusste ich noch nicht mal, dass ich so was kann. Das heißt, geahnt habe ich das schon länger aber ich hatte immer Angst davor.“

„Und das ist auch gut so... ich meine, dass du vorsichtig warst. Das solltest du auch bleiben. Angst, oder meinetwegen Vorsicht, lässt uns wachsam bleiben. Du darfst dich solchen Situationen nicht so schutzlos ausliefern. Du musst die Kontrolle behalten, nicht sie. Und solange du das nicht kannst, musst du an deiner inneren Stärke arbeiten und solltest solche Orte, wie diesen hier wirklich meiden.“

„Aber ich will ja lernen... ich will es wirklich... ich hab nur bisher niemanden gefunden, der es mir wirklich zeigen konnte.“

Wieder schmunzelte er dieses verständnisvolle Schmunzeln und sie fühlte sie wieder so klein.

„Das kann dir auch niemand zeigen, das ist kein Schulfach, in dem man Bestnoten erhält wenn man nur hart genug lernt. Das kommt aus dir... es kommt immer nur aus dir. Du selbst weißt, wann es soweit ist den nächsten Schritt zu gehen. Nur du kannst das wissen. Natürlich kannst du aus diversen Büchern und Erzählungen sogenannter Experten jede Menge lernen und für dich mitnehmen aber diese Dinge können nur Stecknadeln auf deinem Weg sein. Letztendlich kommt deine Fähigkeit aus dir und nur du wirst wissen wann es an der Zeit ist, sie wirklich anzuwenden.“

Jetzt war sie überwältigt. Sie konnte nichts sagen, konnte nicht reagieren. Sie war ihren Emotionen ausgeliefert und es war gut so. Fast schien es, als hätte sich ein Knoten gelöst. Endlich hatte sie verstanden und sie war ihm so dankbar.

„Ich muss jetzt gehen, die nächste Tour wartet... bleib ruhig noch sitzen. Die Rechnung übernehme ich...."

Er stand auf und sah ihr noch einmal lächelnd in die Augen.

„Was? Schon...? Aber ich habe doch noch so viele Fragen. Ich möchte noch so viel wissen. Ich habe noch nie jemanden getroffen wie dich. Bitte... ich..."

Er legte seine Hand auf ihre, die still auf der Tischplatte ruhte.

„Ich weiß... du wirst deine Antworten finden... alles zu seiner Zeit. Dafür brauchst du niemand anderen... nur dich... und deine innere Stärke. Hab Vertrauen... und ein bisschen Geduld. Der Rest kommt von allein..."

Er nickte ihr noch einmal zu, nahm sich seine Jacke und verschwand. Ihr war klar, wie sehr sie sich auch bemühen würde, sie würde ihn nie wieder sehen. Dies war eine jener schicksalhaften Begegnungen, die man nur einmal im Leben macht. Deshalb versuchte sich auch gar nicht erst ihm zu folgen, blieb einfach sitzen und ließ seine Worte in ihrem Kopf nachhallen. Ein paar Minuten später, nachdem sie sich etwas gefangen hatte, verließ auch sie das Café.

Die Sonne schien hell als sie hinaustrat und die kalte Luft war so klar wie nie. Tief sog sie sie in ihre Lungen und machte sich langsam zurück auf den Weg zum alten Klinikgelände. Es gab dort auch einen Pfad durch einen jahrzehntealten Wald und sie hatte sich vorgenommen, diesen noch abzulaufen. Sie hatte eine Menge Stoff zum Nachdenken und da würde ihr ein kleiner Spaziergang sehr gut tun.

Noch einmal kam sie an der alten Wäscherei vorbei. Doch der Geruch von kochender Wäsche war nicht mehr da. Sie wusste, ihre eigenen Gefühle blockierten sie. Das war sicherlich in dieser Situation auch das Beste.

Dann erreichte sie den Eingang zum Pfad und lief ihn langsam ab. Hin und wieder machte sie ein paar Fotos mit ihrem Handy. Der Akku war noch immer fast voll, sie hatte es ja kaum genutzt. Und trotzdem ging ihr das Handy immer wieder aus. Eine Stunde lang lief sie dort umher. Sie wollte doch nichts machen außer Fotos. Warum zickte denn das Gerät jetzt auf einmal? Immer wieder schaltete sie es neu ein und immer wieder ging es aus, noch ehe sie drei Bilder machen konnte.

„Was soll denn das?“, fluchte sie leise vor sich hin.

Ein paar Leute drehten sich nach ihr um und fast ertappt lächelte sie.

Erneut schaltete sie das Handy an und versuchte, Bilder zu machen. Und? Wieder aus. Das durfte doch nicht wahr sein! Ihr Blick fiel durch die alten Bäume auf das verlassene Klinikgebäude, in dem sie bis vor einer Stunde noch gewesen war. Vielleicht wollte ihr ja jemand auch etwas sagen. Sie grübelte. Was war, wenn es nicht erwünscht war, dass sie Bilder machte? Kurz dachte sie nach. Sollte sie es wagen? Sollte sie in die Kommunikation gehen? Aber hier waren so viele Menschen. Bemüht unauffällig aber genau fokussiert setzte sie ihren Weg fort.

Dann endlich kam ein Moment, in dem sie ganz allein zwischen all den Bäumen war. Sie wagte es, blieb kurz stehen und schloss die Augen. Sie atmete ein paar Mal tief durch und konzentrierte sich.

„Ok... ist es so wie ich denke? Ihr möchtet nicht, dass ich Bilder mache?!“

Wieder atmete sie tief durch, blieb fokussiert und konzentriert. Sie spürte genau das Gefühl der Anwesenheit. Ihr Herz schlug schneller und in ihrem Bauch kribbelte es.

„Ich verstehe... ich verstehe es jetzt... und ich verspreche euch, ich höre auf damit. Ich mache keine Bilder mehr, nur lasst mir bitte mein Handy an.“

Irgendwie kam sie sich ein bisschen dämlich vor, so eine Bitte zu äußern aber es war ein Test. Es war ihre Art zu lernen.

Dann spürte sie, wie das Gefühl der Anwesenheit sie wieder verließ. Das Kribbeln im Bauch ließ nach und auch ihr Herzschlag beruhigte sich wieder. Sie öffnete die Augen und schaltete ihr Telefon erneut an. Sie wartete, hielt sich jedoch an ihr Versprechen. Sie machte keine Bilder mehr. Sie stand einfach da und starrte auf ihr Telefon... eine Minute... zwei... fünf... und es geschah... Nichts. Alles funktionierte wie eh und je. In ihr breitete sich ein Gefühl tiefer und ehrlich empfundener Freude aus und lächelnd ging sie den Weg zu ihrem Auto zurück.

Dieser Besuch war so ganz anders gewesen, als sie sich das je hätte erträumen lassen aber sie hatte heute eine Menge über sich gelernt. Das konnte ihr niemand mehr nehmen...

LERNEN

Vorsichtig schob sie die schweren Vorhänge ihrer Ferienwohnung beiseite und sah besorgt hinauf zu einem wolkenverhangen, dunkelgrauen Himmel. Über den Bergen zog ein Gewitter auf und dabei hatte sie heute doch noch so viel vor. Sie wollte in die alte verfallene Ruine am Hang des Berges. Hatte lange kämpfen müssen, um die Genehmigung vom Besitzer zu bekommen. Weder Familie noch Freunde waren begeistert davon gewesen, dass sie dort allein rein wollte. Doch sie hatte sich durchgesetzt. Es war eine Bedingung ihrer Mutter gewesen, dass sie das Handy anbehielt, obwohl sie nur zu genau wusste, dass die Strahlung ihre Gerätschaften stören würde. Sie wollte heute endlich Klarheit.

So oft, wenn sie im Urlaub hier waren, hatte sie sich als Kind kaum an dem Gebäude vorbei getraut und ihre Eltern hatten sie immer belächelt dafür. Sie hatten absolut kein Verständnis gehabt für die unguten Gefühle ihrer Tochter. Und auch später, als sie älter wurde, konnte sie die Gefühle wegen diesem Haus nie vollständig einordnen.

Irgendwann begann sie sich mit der Materie des Übernatürlichen zu beschäftigen und lernte. Lernte mit Gerätschaften umzugehen, lernte Gefühle einzuordnen und zu separieren. Es war schon ein wenig verrückt, dass sie das alles nur veranstaltete, um diesem einen Gebäude auf dem Leib zu rücken. Sie hatte sich geschworen, sie würde heraus finden, was dort versuchte Kontakt aufzubauen und das würde sie heute tun. Auch ein Unwetter konnte sie nicht davon abhalten.

Entschlossen ließ sie die Vorhänge los und wallend fielen sie in ihre Ursprungsposition zurück. Dann griff sie ihren Rucksack und verließ die Wohnung.

Sie hatte einen Fußmarsch von ungefähr 3 km durch den Wald vor sich und der Wind wurde merklich stärker.

Doch sie wusste, nichts würde sie heute aufhalten können. Das Haus zog sie an, es war schon beinahe magisch.

Knirschend gaben die Kiesel unter ihren schwarzen Schuhen nach und hin und wieder musste sie über herabgefallene Äste steigen, die quer über den Weg verteilt lagen. Zweimal hatte sie sich schon geratscht und leise fluchend die blutenden Schürfwunden mit einem Pflaster abgedeckt. Zum Glück hatte sie sich einen kleinen Verbandskasten für solche Fälle zugelegt.

Dann ging sie weiter… immer tiefer schlängelte sich der Weg in den dunklen Wald hinein. Über ihr rauschten die dunklen Kronen meterhoher Bäume im Wind. So gespenstisch es auf den ersten Augenblick auch schien, so groß fühlte sie sich jedoch dabei. Es war ihr Weg, den sie ging… sie fühlte, dass es mehr war als nur die Erkundung eines alten Gemäuers. Sie befand sich auf dem Weg zur Selbstfindung. Sie hatte vieles hinter sich gelassen. Gerade erst hatte sie sich von ihrem Freund getrennt, nach dem hundertsten Streit war er wutschnaubend aus der gemeinsamen Wohnung ausgezogen. Sie hatte ihm sogar die restlichen Sachen hinterher schicken müssen, weil er sich über Wochen nicht mehr blicken ließ.

Und, als wenn das nicht als Unglück schon gereicht hätte, hatte sie kurz danach auch noch ihren Job verloren. Wirtschaftsbedingt… hatte der Chef süffisant grinsend in den Raum gestellt und sie wusste doch, dass er nur die langbeinige Blondine lieber als Vorzimmerdame haben wollte, statt ein braunhaariges, mit Sommersprossen überströmtes Pummelchen, das gerade ihrer großen Liebe hinterher trauerte. Sie nahm es hin, packte schweigend und ohne auch nur eine Träne zu vergießen, ihre Sachen. Ohne einen Blick zurück, kehrte sie der Firma den Rücken zu, der sie über viele Jahre aufopferungsvoll gedient hatte. Sie dachte daran, wie sie sich wochenlang zu Hause vergraben, mit ihrem Schicksal gehadert hatte und kaum einen Gedanken geradeaus denken konnte.

An einem viel zu heißen Abend, an dem die Schwüle zusammen mit ihrer Depressivität unerbittlich auf ihr Gemüt drückte, versuchte sie, mehr schlecht als recht, so zu tun, als würde die Hausarbeit erledigen.

Lustlos glitt der Staublappen über viel zu volle Regale und befreite sie nur notdürftig von Staub. Ihrer Unachtsamkeit geschuldet, stieß sie dabei ein Buch um. Laut krachend schlug es erst mit der Kante auf dem Boden auf, um dann aufgeschlagen liegen zu bleiben. Erschrocken hatte sie auf die Seiten gestarrt. Dazwischen gesteckt fand sie das Foto, das sie vor Jahren mal bei einem dieser Familienurlaube von dem leeren Haus geschossen hatte.

Gedankenverloren strich sie sich die Haarsträhnen hinter die Ohren. Sie war gefesselt, starrte auf das Bild und sah etwas, was ihr nie zuvor aufgefallen war. Da war doch... nein... das konnte nicht sein... sie kratzte mit dem Fingernagel über das Bild aber es veränderte sich nichts. Kein Schmutz, der sich löste, es war auf dem Bild... eindeutig: An einem der Fenster im Obergeschoss des Hauses erblickte sie zum ersten Mal eine silhouettenhafte Gestalt. Sie stand dort und blickte hinaus. Sie war wie erstarrt. Wieso war ihr das nie zuvor aufgefallen? War es schon immer auf diesem Bild gewesen? Das hätte sie doch aber sehen müssen.

Den ganzen Abend hatte sie anschließend damit verbracht, das Bild, vor sich auf dem Tisch abgestellt, anzustarren. Eine nie geahnte Entschlossenheit breitete sich in ihr aus. Der Trauer und Depressivität der vergangenen Wochen wichen nun Vorfreude und Überzeugung. Dort gab es etwas, was schon ihr Leben lang Kontakt zu ihr suchte und jetzt würde sie diesem Drängen nachgeben. Sie würde in dieses Haus gehen, sie würde endlich dem Flehen, so empfand sie es, folgen.

So fand sie sich nun im Wald wieder und stieg etwas schnaufend den Weg zur Ruine hinauf.

Nach etwa einer dreiviertel Stunde Fußmarsch hatte sie das graue Gebäude erreicht. Spannungsgeladen fixierte sie ein Fenster im ersten Stock.

Sie wusste selbst nicht, was sie erwartet hatte. Aber in diesem Moment tat sich nichts. Es war keine Gestalt am Fenster, die sie begrüßte.

Ihr Herz raste etwas, wobei sie nicht genau einordnen konnte, ob dies eher dem anstrengenden Aufstieg geschuldet war oder ihrer Aufregung vor dem, was sie nun bereit war zu tun.

Kurz noch zögerte sie und blickte auf die halb geöffnete Eingangstür, die sie geradezu willkommen zu heißen schien. Plötzlich raschelte es hinter ihr und erschrocken sah sie sich um. Ihre Augen waren wachsam und suchten jeden Zentimeter des Waldes hinter ihr ab. Wieder raschelte es… und sie hielt die Luft an. Was zum Henker war das? So sehr sie sich bemühte, sie konnte absolut nichts entdecken… bis nur einen Moment später ein Eichhörnchen aus dem Gebüsch vor ihr sprang und einen Baum direkt neben ihr hinauf stieg. Erleichtert lachte sie auf. Mein Gott was war sie schreckhaft. Dann atmete sie tief aus und wandte sich wieder dem Gebäude zu. Entschlossen nickte sie und setzte sich langsam in Bewegung.

Unter ihr gaben knirschend auf dem Boden verteilte Glasscherben ächzende Laute wieder, wie ein Klagelied des Vandalismus, den das Gebäude im Laufe der Zeit hatte erfahren müssen. Muffige Luft stieß ihr entgegen, als sie langsam durch die Tür trat und sich nur einen Augenblick später in einer großen Empfangshalle wieder fand. Hier drin war es wesentlich kühler als draußen und noch immer rüttelte der Wind an den hohen Bäumen über ihr.

Langsam setzte sie einen Fuß vor den anderen und trat so immer weiter in den dunklen Bauch des Hauses. Plötzlich nahm sie etwas wahr, was kein Eichhörnchen auslösen konnte. Sie hörte schwere Schritte aus der Etage über ihr und Geräusche als würde ein wallendes Kleid über den Boden streifen. Für einen Augenblick überlegte sie, sofort die Flucht zu ergreifen, doch sie zwang sich zur Ruhe. Es gab einen Grund warum sie hier war und diesem Grund würde sie auch auf die Spur kommen.

Trotzdem entschied sie sich vorsichtig zu sein, schließlich konnten diese Geräusche auch eine absolut irdische Ursache haben.

„Hallo ist da jemand?“, rief sie einmal laut und erschrak bis ins Mark vor dem Echo, das sich scheinbar im gesamten Haus verteilte.

Sie lauschte.

„Hallo? Ich habe Sie gehört... ist da jemand?“, rief sie nun entschlossener.

Doch auch beim zweiten Mal bekam sie keine Antwort. Dann beschloss sie, ihre Gerätschaft zu Einsatz zu bringen, schließlich hatte sie sie nicht umsonst hier hoch geschleppt.

Sie nahm den Rucksack von ihrem Rücken ab und hielt, als sie ihn geöffnet hatte, als erstes ihr Handy in Händen.

‚Das lässt du an!!! ‘, hatte sie die Stimme ihrer Mutter im Kopf, die genau wusste, wie abenteuerlustig ihre Tochter hier und da sein konnte.

Kurz leuchtete das Display auf, bevor es schweigend erlosch. Sie hatte es ausgeschaltet.

„Tut mir leid, Mama...“, sprach sie leise.

Dann holte sie ein Gerät hervor, das in der Lage sein sollte, Energien in ihrer Umgebung wahrnehmen zu können aber nur dann, wenn sich nichts anderen in ihrer Umgebung befand, das elektromagnetische Strahlen aussenden konnte, so wie ein Handy zum Beispiel.

Sie ließ das Handy wieder in den Rucksack gleiten und schwang ihn zurück auf ihren Rücken. Erwartungsvoll schaltete sie ihr Gerät an und trat langsam auf die Treppe zu. Da waren sie wieder, die Schritte. Und auch dieses Mal klang es so, als würde ein schwerer Stoff über den Boden gleiten. Sie atmete noch einmal tief durch und stieg langsam die Treppe hinauf.

Einen Schritt nach dem anderen ging sie immer weiter nach oben, den Blick nicht eine Sekunde vom oberen Flur abwendend, der immer mehr Details frei gab, je höher sie kam.

Auch im Obergeschoß sah es schlimm aus. Auch hier hatten Vandalen schwer gewütet, hatten die Wände beschmiert, Türen eingetreten und Fenster mit Steinen zerstört. Ihr rasendes Herz drohte fast stehen zu bleiben als sie, oben angekommen, bemerkte, dass ihr Gerät begann Ausschläge zu zeigen. Vor Schreck hätte sie es fast fallen gelassen.

„Hallo?“, rief sie zaghaft.

Einerseits hoffte sie, es würde ihr niemand antworten, was natürlich Quatsch war. Zugleich strafte sie sich für diesen Gedanken. Was wollte sie hier, wenn sie keine Antworten wollte? Langsam ging sie weiter in den Raum direkt am Treppenansatz.

Knarrend schob sie die Tür auf und betrat den hellen Raum mit Blick über den Hang. Es sah so wunderschön aus. Minutenlang gab sie sich diesem Anblick hin und hätte sich beinahe darin verloren. Es musste einmal wunderschön hier gewesen sein.

Bei ihren Recherchen hatte sie herausgefunden, dass das Haus um die Jahrhundertwende entstanden war. Einst hatte hier eine reiche Unternehmersfamilie gelebt. Sie hatten zahlreiche Bedienstete gehabt und wie es meist so ist, sollte der Hausherr ein Fiesling gewesen sein, der andere nur herumgeschubst und Frauen als Freiwild betrachtet haben soll. Sie mochte sich gar nicht ausmalen, durch welche Hölle seine Ehefrau gegangen sein musste, wenn er mal wieder jedem Rockzipfel nachgestiegen war.

Das Knallen einer Tür riss sie aus ihren Gedanken. Sie schreckte auf und fuhr herum. Nein, die Tür in dessen Raum sie sich befand war noch geöffnet. Zögernd ging sie in Richtung Flur zurück.

„Ich weiß, dass du auf dich aufmerksam machen willst. Ich bin hier, ich höre dich. Sag mir doch was du von mir willst. Warum warst du auf diesem Bild, so plötzlich nach all der Zeit?“

Wieder knallte es. Diesmal schlug die Tür am Ende des Ganges zu und öffnete sich gleich wieder.

Es war die Tür, die zu dem Zimmer führte an dessen Fenster sie die Gestalt hatte stehen sehen. Sie zögerte, hatte Angst und die schnürte ihr beinah die Kehle zu.

Sie wollte nicht weiter gehen, sie wollte es einfach nicht. Alles in ihr wehrte sich dagegen. Jede Faser ihres Körpers war vor Anspannung zum Zerreißen gespannt und doch trieb sie eine innere Kraft, gegen die sie sich einfach nicht wehren konnte, immer weiter.

Einen Schritt nach dem anderen machte sie auf die Tür zu, die sich langsam immer weiter öffnete. In ihr schrie es. Ihre Vernunft schrie sie an, dieses Haus endlich zu verlassen. Doch ihre Vernunft hatte in diesem Moment schon lange keine Macht mehr über sie. Sie ging weiter, ob sie wollte oder nicht. Dann war sie an der offenen Tür angekommen. Das Gerät in ihrer Hand zeigte längst und unaufhörlich den höchst möglichen Ausschlag. Und das ohne Unterbrechung.

„Hallo? Bist du hier? Bin ich hier richtig?"

Die Lichter erloschen kurz und leuchteten wieder kurz auf. Nun war sie bei ihrer Neugierde gepackt und trat in den Raum.

„Du willst mich also hier haben?", fragte sie zögernd und wesentlich leiser als eben noch.

Zugleich strafte sie sich für diesen Flüsterton, denn inzwischen hatte sie sehr deutlich das Gefühl, dass sie hier absolut nichts zu befürchten hatte. Sie trat in die Mitte des Raumes und setzte sich im Schneidersitz nieder.

„Ist es in Ordnung wenn ich mir hierher setze?"

Wieder zeigte sich voller Ausschlag auf ihrem Gerät.

„Ich hab das Gefühl, dass du mir etwas sagen willst, als wäre ich aus einem bestimmten Grund hier. Ist das richtig?"

Ausschlag!

„Leider kannst du über dieses Geräte nicht mit mir sprechen. Kannst du mir irgendwie anders zeigen, was du mir sagen willst?"

Ausschlag!

„Dann zeig es mir... ich bin bereit... ich habe mich viele Jahre lang darauf vorbereitet. Zeig mir, was du mir sagen willst."

Nichts… Stille… kein Ausschlag… auch die Schritte und das Türenknallen waren plötzlich verstummt. Sie versuchte es erneut.

„Ich kann mir vorstellen, dass du Angst hast… aber du hast mich doch aus einem bestimmten Grund kontaktiert. Dann trau dich jetzt bitte auch. Ich bin bereit, ich verspreche es dir“

Plötzlich hatte sie das Gefühl, als schlage ihr etwas mit einem Vorschlaghammer auf den Kopf. Und sie sah augenblicklich Bilder vor sich, dass das Haus in eindeutig besseren Zeiten zeigte. Viele verschiedene Obst- und Gemüsesorten wuchsen in dem gut sortierten und gepflegten Garten. Kinderlachen drang aus dem Wald und eine blonde Frau in Dienstkleidung hängte gerade Wäsche auf. Ihr fiel auf, dass sie müde wirkte. Es war viel zu heiß für dieses Kleid und feine Schweißperlen zeigten sich auf ihrer Stirn. Erschöpft wischte sie sich mit dem Ärmel ihres Kleides darüber. Plötzlich ertönte eine tiefe, forsche Stimme aus dem Hintergrund. Ein hagerer Mann im Nadelstreifenanzug stand am geöffneten Fenster im Obergeschoss und rief nach ihr.

Ihr wehte der Geruch der Zigarre um die Nase, die er zwischen die Zähne geklemmt hatte. Er machte sich nicht einmal die Mühe, sie bei ihrem Namen anzusprechen, brüllte nur einmal kurz ein „Hey“ aus dem Fenster und deutete ihr, nach oben zu kommen.

Erschöpft schloss die blonde Frau die Augen und schüttelte zaghaft den Kopf. Dann ging sie durch die Hauseingangstür hinauf ins Obergeschoss. Auch hier sah es nun ganz anders aus, als eben noch. Es gab nur eine Zimmertür zu einem großen Raum. Ganz anders, als sie das eben noch gesehen hatte, führte die Treppe hinauf zu einem großen Büro, in dessen Mitte ein schwerer Ledersessel hinter einem unnötig großen Schreibtisch thronte. In diesem Ledersessel saß nun der Kerl und wartete süffisant grinsend auf die junge Frau, die alles andere als freiwillig in den Raum trat. Was sie wegen diesem Kerl schon durchgemacht haben musste, wagte sie sich gar nicht vorzustellen.

Und auch dieses Mal gab sie sich seinen sehr eindeutigen Annäherungsversuchen mehr als unfreiwillig hin. Als der Kerl dies bemerkte, schlug er sie.

Und zwar so heftig, das sie zurück fiel und bewusstlos auf dem harten Boden zum Liegen kam. Unter dem Kopf der blonden Schönheit breitete sich langsam eine Blutlache über den ganzen Boden vor dem Schreibtisch aus.

Entsetzt wich sie zurück, wurde zurückgerissen und fand sich augenblicklich in dem kleinen leeren Zimmer wieder. Sie war erschöpft, fühlte sich krank und hatte wahnsinnige Kopfschmerzen. Absolut überwältigt von dem, was sie eben erlebt hatte, sah sie sich in dem, nun wieder leeren Raum, um. Was war hier anders? Warum sah der Raum nicht so aus, wie noch eben in ihrer Vision? Sie stand auf und drehte sich im Kreis. Was war hier anders? Was nur?

Plötzlich hörte sie ein dumpfes Schlagen gegen die Wand und das Gerät in ihrer Hand zeigte erneut vollen Ausschlag. Die Wand! Die hatte es zuvor nicht gegeben, der Raum war viel größer gewesen. Sie ging die Wand langsam ab und tastete dabei mit ihren Fingern darüber. Was hatte es mit dieser Wand auf sich?

Ziemlich am Ende ragte ein großer Ast durch das Fenster, in ein etwa kindskopfgroßes Loch in der Wand. Sie ging darauf zu und fischte zeitgleich ihre Taschenlampe aus dem Rucksack. Mit zusammengekniffenen Augen schaute sie durch das Loch und stellte fest, dass dies nicht einfach nur eine Wand war.

Es war eine doppelte Wand. Ihr gegenüber gab es eine Weitere und dazwischen befand sich ein etwa 50cm großer Hohlraum. Sie suchte weiter so gut es eben ging, mit der Taschenlampe diesen Zwischenraum ab und plötzlich entdeckte sie etwas, was sie erschauern ließ. Mit Tränen in den Augen erblickte sie das in Laken gehüllte Etwas auf dem Boden, an dessen Ende sich noch feine blonde Haare erahnen ließen. Augenblicklich brach sie in Tränen aus und sie verstand.

Endlich verstand sie und trotz ihrer Trauer, empfand sie unermessliche Dankbarkeit.

Sie hatte nun ihren Weg gefunden und das verdankte sie nur dieser blonden Schönheit aus dem Haus im Wald.

VERHÄNGNIS

Schweigend saß sie auf ihrer Bank und blickte hinaus auf den kleinen Teich, auf dem die Enten unermüdlich nach Futter suchten. Scheinbar still gab sie sich dem friedlichem Anblick hin, verspürte hin und wieder einige Spritzer Wasser von dem Springbrunnen, der in der Mitte des Teiches platziert war. Sie schloss kurz die Augen und jeder aufmerksame Gesprächspartner hätte in diesem Augenblick die einzelne Träne aufblitzen sehen können, die sich gerade ihren Weg bahnte und hektisch von ihr fort gestrichen wurde. Doch sie hatte keinen aufmerksamen Gesprächspartner neben sich, saß hier ganz allein in dem Park aus dunklen Lindenbäumen, die sich sanft im Wind wiegten.

Sie fröstelte, obwohl es mit 25 Grad wirklich warm war. Die Stille, die sie nach außen ausstrahlte, glich im Inneren eher einem Orkan und sie war gefangen darin. Doch sie riss sich zusammen, hatte gleich noch einen Kundentermin und durfte dort auf keinen Fall verheult erscheinen und doch schaffte sie es kaum, die Situation zu ertragen. Am liebsten wäre sie in diesem Moment im Wald gewesen und hätte sich ihren Schmerz aus der Seele geschrien. Ihre Gedanken flogen zurück. Nur ein paar Stunden zuvor hatte sie ein Anruf erreicht, der ihr ganzes Leben auf den Kopf stellen und die Stützpfeiler gehörig ins Wanken bringen sollte.

Sie war gerade erst aufgestanden, war mit einem Lächeln in den Tag gestartet, wusste, dass sie nicht viele Termine an diesem Morgen hatte und viel Zeit mit ihrer Familie verbringen können würde. Sie freute sich auf den Morgen und dann war dieser Anruf gekommen.

„Es tut mir leid Ihnen sagen zu müssen, dass wir uns für Frau Becker entschieden haben.

Sie hatte sich zeitgleich beworben aber versuchen Sie es gerne zu einem späterem Zeitpunkt noch einmal.“

Frau Becker – Johanna – ihre beste Freundin, hatte sich auf denselben Posten beworben wie sie und hatte ihr nichts davon erzählt. Sie hatte nicht fassen können, was sie da gehört hatte und brach vor dem Kleiderschrank, als sie sich gerade die Sachen für den Tag heraussuchte, in Tränen aus. Sie wollte es verstehen, konnte nicht begreifen, dass ein Mensch, dem sie so unendlich vertraut hatte, sie so hintergehen konnte. Sie fühlte sich, als hätte man ihr das Herz herausgerissen und wusste keinen Ausweg, nur, dass sie zum ersten Kundentermin aufbrechen musste.

Verheult wie sie jetzt war, machte das sicher einen ungeheuer guten Eindruck.

Als sie vor dem Haus angekommen war, blieb sie noch eine Weile im Auto sitzen, versuchte sich zu beruhigen, wischte sich immer wieder die Tränen fort, die einfach nicht aufhören wollten zu fließen. Sie fluchte leise und schaute besorgt in den Spiegel. Es half nichts, sie musste jetzt rein, egal wie sie aussah, war bereits 20 Minuten überfällig. Zur Not musste sie eben eine Ausrede erfinden, eine Allergie unter der sie litt vielleicht, schließlich war gerade Frühling.

Zum Glück stellte der Kunde keine Fragen, war so in seinem Redeschwall ergeben, dass sie nur reagieren musste. Professionell wie eh und je zog sie den Termin durch, hatte in den Jahren, die sie diesen Job nun machte gelernt, die eigenen Gefühle außen vor zu lassen und die strahlende Verkäuferin zu spielen. So war es schon immer. Egal wie es in ihrem Inneren aussah, nach außen hin blieb sie unantastbar und strahlend. Und so tat sie das heute auch. Es gab überhaupt nur sehr wenige Menschen, bei denen sie es zuließ, ihr tief in ihre Seele zu sehen. Johanna war eine von ihnen gewesen und hatte das so mit Füßen getreten. Ihre Gedanken drifteten ab und sie musste sich zusammen reißen.

Schnell fand sie in ihre Professionalität zurück, war aber trotzdem froh, als sie den Termin endlich hinter sich gebracht hatte.

Eine Stunde später saß sie wieder im Auto und atmete tief durch. Und augenblicklich verschwand das erleichternde Gefühl der Ablenkung und wich erneut der Verzweiflung die sie schon den ganzen Morgen umgab.

Nun saß sie hier im Park und wartete auf den nächsten Termin, als plötzlich ihr Handy klingelte. Eine Sprachnachricht war eingegangen. Chris...

„Hey... bleibt es bei unserem Treffen heute? 14 Uhr bei Reimann's? Wir wollten unseren Trip besprechen..."

Ach herrje, das auch noch. Stimmt... Sie hatte Chris auf einer Party von Johanna kennengelernt und festgestellt, dass sie die Leidenschaft, alte Häuser zu erkunden, teilten. Sie hatten sich für heute Nachmittag beim Bäcker auf einen Kaffee verabredet, weil sie am Wochenende die alte Klinik am Stadtrand erkunden wollten. Eigentlich hatte sie dafür überhaupt keinen Nerv. Aber vielleicht würde ihr ein bisschen Ablenkung gut tun... Sie schrieb ihm zurück, wollte jetzt nicht reden.

'Hey... ja bleibt dabei wie abgesprochen.'

Sie setzte ein fröhliches Smilie dahinter und schickte die Nachricht ab. Dann sah sie auf die Uhr des Displays. Sie musste los. Endlich raus aus der Grübelei. Und auch diesen Termin meisterte sie mit Bravour wie den von heute Morgen. Manchmal bewunderte sie sich für ihre Stärke, obwohl sie sich in diesem Moment gar nicht danach fühlte.

Sie machte sich auf den Weg zum Bäcker. Suchend sah sie sich nach einem freien Platz um. Für einen Freitagnachmittag war es erstaunlich voll. Aber Chris schien noch nicht da zu sein. Sie wählte einen Tisch in der hintersten Ecke und setzte sich. Kurz darauf trat eine Kellnerin an ihren Platz und nahm die Bestellung nach einem Latte Macchiato entgegen.

Gedankenverloren rührte sie darin herum, während sie aus dem großen Fenster auf die Straße blickte.

„Willst du den Milchschaum zu Sahne schlagen?“
Erschrocken sah sie auf. Chris stand vor ihr. Sie rang sich ein Lächeln ab und er warf seine Jacke über den Stuhl und setzte sich.

„Hey... ich war grad in Gedanken...“, versuchte sie möglichst unbefangen zu antworten.

Die Kellnerin kam und er bestellte sich einen Kaffee. Nur ein paar Minuten später brachte sie ihn und er bedankte sich.

Während der gesamten Zeit hatte er sie nicht aus den Augen gelassen. Seine wachen Augen und sein Gespür hatten längst erfasst, dass etwas nicht stimmte.

„Was ist los?“, fragte er sie direkt.

„Nichts... was soll sein? Alles in Ordnung...“, log sie so schlecht, dass sie sich selbst nicht geglaubt hätte.

„Ach komm schon, das sieht ein Blinder, dass irgendetwas ganz und gar nicht in Ordnung ist.“

Ganz genau... so langsam gelang es ihr nicht mehr, gute Miene zum bösen Spiel zu machen. Ihre Kräfte ließen nach. Und trotzdem wollte sie nicht mit ihm darüber reden.

Er war auch ein Freund von Johanna und sie würde nicht anfangen, hinter dem Rücken ihrer Freundin zu reden, egal wie sehr sie sie verletzt hatte. Ihre Freundin? War sie das noch? Konnte sie das noch sein, nachdem was sie getan hatte? Sie grübelte, fand jedoch keine Antwort darauf. Eindringlich sah er sie an, erwartete scheinbar wirklich eine Antwort.

„Komm schon... rede mit mir... was ist los?“

„Ach ich weiß nicht... ihr seid doch auch Freunde. Ich will dich nicht zwischen die Stühle bringen.“

Er runzelte die Stirn.

„Wen meinst du?“

Jetzt endlich sah sie ihn an. Er hatte sie die ganze Zeit über nicht aus den Augen gelassen, schien ein echtes und wahres Interesse daran zu haben, zu erfahren, was sie bedrückte.

„Johanna...“

„Was ist los? Was hat sie verbockt...? Schon wieder...!“

„Verbockt? Schon wieder? Wie kommst du darauf, dass sie was verbockt hat und wieso schon wieder?“

Sie wagte es nicht, sie wusste nicht, ob sie ihm diese Sache wirklich erzählen konnte. Immerhin kannte sie ihn noch nicht so lange.

„Sagen wir mal so... ich habe da so meine Erfahrungen gemacht.“

Ein etwas schiefes Grinsen umspielte seine Lippen. Aha... Erfahrungen hatte er also gemacht... mit Johanna. Wie lange kannten sie sich? Sie hatte ihre Freundin nie gefragt.

„Du... egal was es ist, du solltest deine Zeit nicht mit Grübeleien verschwenden. Das ist die Sache nicht wert!“

Sie verstand nicht, was passierte. Wie redete er denn? Was wusste er, was sie die ganze Zeit über nicht gewusst hatte? Sie wurde wütend. Was passierte hier denn gerade? Sie hatte Johanna aus tiefster Seele vertraut, hatte ihr alles erzählt. Bis gestern waren sie noch ein Herz und eine Seele gewesen und jetzt kam er plötzlich und redete so, als wäre sie selbst die ganze Zeit wie blind durch die Gegend gerannt? Wie dumm sie sich plötzlich vorkam. Wieso, wenn Johanna doch so ein falscher Charakter war, hatte es niemand für nötig gehalten sie darüber aufzuklären?

„Was soll das denn heißen?“

„Wie wäre es denn, wenn du mir erst mal erzählst, was passiert ist?“

Er ließ einfach nicht locker und schließlich gab sie seinem Drängen nach.

Nachdem sie sich ausgesprochen hatte, sah er sie schweigend an und atmete tief durch.

„Das ist hart, aber ehrlich... du solltest da wirklich einen Haken dran machen. Es gibt wirklich noch so einige Dinge, die du nicht weißt...“

„Ach ja…? Dann klär mich doch auf!“

„Deshalb sind wir nicht hier, oder?“

Wieder kam sie sich unendlich dumm vor. Warum redete er nicht? Wieso machte er nur Andeutungen? Sofort bereute sie es, ihm die Geschichte erzählt zu haben. Sie kannte ihn doch kaum. Wieso hatte sie nur annehmen können, ihm vertrauen zu können? In ihr fuhren ihre Zweifel Achterbahn und sie schloss die Augen.

„Hör mal… du brauchst einen freien Kopf am Wochenende. Ich hab einiges über diese Klinik gehört. Wenn meine Recherchen stimmen, geht es da mächtig ab… Ich brauche dich dort bei klarem Verstand. Kriegst du das hin?“

Sie sah ihn wieder an.

„Ja… na klar…“, versuchte sie ihm einzureden, woran sie selbst nicht glaubte.

„Bist du dir sicher?“

„Hör auf jetzt… ja… ich bin mir sicher!“

Dann wechselten sie das Thema und besprachen den Ausflug in die Klinik. Und sie ließ sich tatsächlich von seinen Erzählungen mitreißen, fand die Historie hinter Grund und Boden sehr interessant.

Als sie nach Hause fuhr, hatte sie sogar ein Lächeln auf den Lippen. Lange hielt die leichte Stimmung jedoch nicht an. Schon nachdem sie ihre Wohnungstür hinter sich geschlossen hatte, war der Strudel aus Zweifel, Trauer und Wut wieder in ihrem Bauch und nahm sie gefangen. Mit den Worten von Chris im Kopf, die Sache am besten abzuhaken, legte sie sich in ihr Bett und gab sich zum ersten Mal an diesem Tag ausgiebig ihren Tränen hin.

Am nächsten Morgen beschloss sie, Johanna anzurufen. Sie musste die Sache klären, ein für allemal.

„Wieso?“, fragte sie, nachdem sie sie endlich am Telefon hatte, „wieso hast du das getan? Du hast unsere Freundschaft verraten, Jo…!“

„Freundschaft? Das hat doch nichts mit unserer Freundschaft zu tun... das siehst du ganz falsch. Das eine ist Job und das andere sind wir... du darfst das nicht vermischen."

„So... darf ich das nicht? DU hast genau gewusst, wie sehr mir die Sache am Herzen lag und DU hast trotzdem so gehandelt. Du hast mein Vertrauen so missbraucht, du hast mich ohne Ende verletzt. Ich kann das nicht mehr Jo... ich... nein ich kann nicht mehr mit dir befreundet sein."

„Das tut mir sehr leid, dass du das so siehst. Aber das kann ich jetzt nicht ändern. Soll ich wegen dir jetzt meinen Job aufgeben?"

„Wegen mir...?"

Ihr Herz und ihre Stimme überschlugen sich fast vor Wut.

„...wegen mir??? Du hättest den Scheißjob gar nicht erst annehmen sollen, dich gar nicht erst darauf bewerben sollen oder wenigstens vorher mit mir darüber reden."

„Erwartest du ernsthaft, dass ich solche Entscheidungen vorher mit dir bespreche?"

Sie konnte nicht mehr, sie erkannte diese Frau nicht mehr wieder. Wer war dieser Mensch?

„Nein, Jo... ich erwarte gar nichts mehr von dir... das war es... wir sind fertig... ich wünsch dir ein schönes Leben..."

„Hey... warte doch mal...!"

Das war das Letzte, was sie noch wahrnahm, bevor sie wutentbrannt auflegte und das Handy am liebsten gegen die Wand geworfen hätte.

Ziellos lief sie in ihrer Wohnung hin und her, war fassungslos über so viel Kaltschnäuzigkeit. Was hatte sie aber anderes erwartet? Ja, was eigentlich? Das was Jo getan hatte, konnte gar keine andere Reaktion zur Folge haben.

Wieder stiegen Tränen in ihr auf. Sie fühlte sich so unendlich betrogen und belogen. Sie zitterte am ganzen Körper, konnte sich kaum auf den Beinen halten. Doch das musste sie, sie musste sich erden.

Chris brauchte sie heute bei klarem Verstand und sie war nicht in der Lage, ihre Empfindungen zu fokussieren, wenn sie nicht bei der Sache war.

Sie versuchte es mit meditieren, schlief noch ein bisschen und ging ein wenig spazieren. Sie bemühte sich wirklich, sich für den bevorstehenden Trip zu beruhigen und ihre Gefühle außen vor zu lassen.

Dann war der Zeitpunkt gekommen und Chris holte sie von zu Hause ab. Sie saß noch nicht mal richtig im Auto, da spürte sie seine Hand auf ihrer.

„Wie geht es dir?“

Sie sah auf seine Hand und dann in sein Gesicht. Sein Blick hatte sich zu gestern verändert. Diese fröhlichen, leicht verrückten Augen waren einem sehr ernsthaften und eindringlichen Blick gewichen. Sie war verwirrt.

„Äh… gut… mir geht’s gut“, log sie.

Sie konnte nicht anders. Nach dem Gespräch am vergangenen Tag, nach seiner Reaktion, seiner Heimlichtuerei, hatte sie noch immer Zweifel, ob sie ihm wirklich vertrauen konnte.

Sie wollte unter keinen Umständen riskieren, noch einmal so verletzt zu werden, hatte beschlossen jedes Gefühl dieser Art vorläufig aus ihrem Herzen zu bannen.

„Gut…“, antwortete er, ohne ihr zu glauben, das erkannte sie deutlich, „dann wollen wir mal. Bist du bereit?“

Sie lächelte stumm und nickte.

Die Fahrt dauerte etwa eine halbe Stunde. Während dieser Zeit sprachen beide kein Wort, gaben sich einfach nur ihren Gedanken hin.

Sie spürte, dass sie einem sehr kraftvollen Ort nahe kamen, jede Faser ihres Herzens war zum Zerreißen gespannt. In Anbetracht ihrer Situation war dieses Gefühl sehr anstrengend. Sie konnte sich dem kaum entziehen. Obwohl sie noch einige Kilometer vor sich hatten, war sie schon vollkommen von diesem Ort eingenommen.

Sie wusste wie gefährlich es war, sich ungeschützt solchen Dingen auszuliefern und doch hatte sie dem rein gar nichts entgegen zu setzen. So verfiel sie seinem Bann, noch bevor Chris auf dem Parkplatz Halt gemacht hatte.

Fünf Minuten später parkte er den Wagen und als er das Auto ausmachte und die Innenraumbeleuchtung anging, sah er sie wieder an.

„Da wären wir... alles ok?“

Sie sprach nicht, lächelte und nickte nur.

„Na dann, die Eingangstür sollte offen sein. Der Besitzer wollte sie für uns aufschließen.“

Sie stiegen aus und ein heller Vollmond ließ das gesamte Areal in einem unwirklich, silbrigem Licht erstrahlen. Die schwarzen Bäume um das Gebäude wirkten wie bedrohliche Schatten, die sie düster willkommen hießen. Schwarze Wolkenfetzen schoben sich immer wieder vor den Mond und sorgten somit zusätzlich für Atmosphäre. In der Ferne rief ein Käutzchen.

Während sie noch gefangen war in der Stimmung des Augenblicks, machte Chris sich schon am Kofferraum zu schaffen. Er hatte Taschenlampen und eine Videokamera eingepackt. Sie stand neben dem Auto und rührte sich nicht.

„Spürst du was?“, fragte er sie, als er voll bepackt zu ihr kam.

„Es will uns hier“, antwortete sie abwesend, ohne den Blick von dem Haus abzuwenden.

„Na super... dann tun wir ihm doch den Gefallen und gehen rein. Komm...!“

Ohne ein weiteres Wort zu sagen machte er sich auf den Weg durch das Tor auf den Haupteingang zu. Sie konnte sich noch nicht bewegen, war noch immer gefangen.

„Nun komm schon...“, rief er ihr hinterher.

Dann schrak sie auf und folgte ihm. Sie erreichten gemeinsam den Haupteingang, der wie versprochen geöffnet war. Langsam traten sie ein. Ein modrig, abgestandener Geruch hüllte sie ein, als sie die Tür hinter sich schlossen.

Sie standen in einem riesigen Empfangsbereich und er drückte ihr eine Taschenlampe in die Hand.

„Hier… lass uns einfach ein bisschen umsehen."

„Wir müssen nach oben", sagte sie tonlos.

Er runzelte die Stirn.

„Was? Wieso nach oben? Du… ich wollte mich erst mal hier unten umsehen…"

„Dann geh, ich geh nach oben."

„Du willst dich aufteilen…? Hältst du das für eine gute Idee? Ich denke wir sollten in diesem großen Gebäude wirklich zusammen bleiben."

Jetzt sah sie ihn an.

„Wir sollten wirklich nach oben gehen… glaub mir."

Er atmete tief durch.

„Ok, pass auf… wenn du unbedingt willst, geh schon nach oben. Ich seh mich hier rasch um und komme dann nach."

„Wie du möchtest…", lächelte sie ihn tonlos an.

„Was ist denn bloß los mit dir? Ist wirklich alles in Ordnung, du bist so merkwürdig…"

Er sah sie forschend an.

„…ist nach der Sache gestern mit Jo wirklich alles gut? Vielleicht hätte ich ein bisschen deutlicher werden sollen. Wir holen das nach… versprochen… ich werde dir alles erzählen. Ich werde dich nicht hängen lassen! Sie ist dumm gewesen und nicht wert, dass du ihr so hinterher trauerst. Aber versuch dich jetzt bitte zu konzentrieren. Oder lass uns gehen…"

„Das ist lieb von dir… aber mir geht es gut… wirklich. Ich geh nach oben und warte da auf dich… mach dir keine Sorgen."

„Ganz sicher?"

„Jaaa", tat sie gespielt genervt.

Es zog sie nach oben und sie wollte, dass er sie endlich gehen ließ. Dann trennten sie sich.

Langsam, Schritt für Schritt, stieg sie die geschwungene Treppe hinauf.

Hin und wieder vernahm sie noch die Geräusche, die Chris' Schritte hinterließen, wenn er beim Gehen einige Glasscherben beiseiteschob. Sie ließ ihn gehen, folgte ihrem ganz eigenen Weg.

Irgendwann hörte sie nichts mehr, außer ihrer eigenen Schritte. Der Lichtkegel der Taschenlampe flatterte über den Boden, der von Schutt und Glasscherben übersät war.

Sie folgte dem Licht immer weiter in den dunklen Flur hinein. Sie musste weiter, immer weiter und bemerkte dabei nicht, wie sie sich langsam in den Fluren des riesigen Gebäudes verlor.

Längst hatte sie die Orientierung verloren. Sie war gefangen..., gefangen von einem Ruf..., von einem Gefühl dem zu folgen sie bestimmt war, das spürte sie tief in ihrem Herzen. Sie konnte sich dem nicht entziehen. Irgendetwas rief sie und sie hatte einfach keine andere Wahl, als diesem Ruf zu folgen.

Hin und wieder flackerte das gelbe Licht der Taschenlampe auf, als wollte sie bald ihren Geist aufgeben. Sie bemerkte es nicht, wäre wahrscheinlich auch im Stockfinsteren weiter durch die Flure gelaufen. Sie fühlte tief in ihrem Inneren, wie aufgeladen die ganze Atmosphäre war, spürte ein zartes Vibrieren unter ihren Füßen. War da noch etwas? Sie blieb kurz stehen und lauschte in die Dunkelheit. Gab es ein Gewitter draußen? Ihr war, als würde sie ein dumpfes Grollen hören. Sie schüttelte kurz den Kopf. Sehr wahrscheinlich hatte sie sich getäuscht. Noch einige Meter lief sie weiter in die Dunkelheit hinein, bevor ihre Taschenlampe wirklich erlosch.

Nur der Mond erhellte die Flure in ein gespenstisches Licht und ließ die Fensterkreuze der hohen Flurfenster bizarre Schatten auf den Boden werfen. Sie ging weiter, folgte weiter dem Ruf, der sie vollends eingehüllt hatte.

‚Komm... komm zu mir... ich warte auf dich!'

Ganz deutlich hatte sie plötzlich eine Stimme in ihrem Kopf. Eine Stimme? Nein ... es war nicht irgendeine Stimme. Sie kannte diese Stimme ganz genau... Jo! Jo war hier?!

Sie ging weiter, konnte sich dieser Stimme, wie dem Ruf einer Sirene nicht entziehen.

Sie merkte kaum, wie die Vibration unter ihren Füßen weiter zunahm. Das ganze Gebäude war inzwischen aufgeladen wie ein ganzer Hochspannungsmast. Es zerrte von ihr, schlimmer noch es zerrte an ihr. Es hatte sie komplett in seinen Bann gezogen. Sie war nicht mehr in der Lage, sich dagegen zu wehren.

Irgendwann erreichte sie eine große Flügeltür, die nur halb angelehnt war.

‚Komm... komm herein... ich bin hier!'

Wieder diese Stimme in ihrem Kopf. Sie ließ sie nicht los. Sie hatte sie... sie wollte zu ihr. Sie wollte einfach bei ihr sein und so schob sie die Tür weiter auf und trat hinein.

Ihre Augen suchten den Raum ab und am anderen Ende auf einer Art Bühne, es war wohl die Aula, stand sie... Jo... sie stand dort, von Licht durchflutet und sah sie nur an. Sie sah ganz friedlich aus, ganz und gar nicht nach Streit.

Wieder hörte sie ihre Stimme in ihrem Kopf, obwohl sich ihre Lippen nicht bewegten.

'Tritt näher, ich hab auf dich gewartet... komm zu mir.'

Sie konnte sich dem nicht entziehen und trat weiter in den Raum. Das Vibrieren unter ihren Füßen nahm immer weiter zu, schon begannen einige Glasscherben klirrend mit einzustimmen, während sie weiter auf die Gestalt auf der Bühne zu ging. Ein seltsamer Friede hüllte sie ein, je näher die Gestalt kam.

„Jo...?"

‚Komm... es wird alles gut... komm näher.'

Sie hatte die Gestalt beinahe erreicht, als sie eine Stimme hinter ihr hörte.

„Das ist nicht Jo... bleib stehen!"

Chris war ihr gefolgt und war, so schien es, gerade noch rechtzeitig gekommen, bevor dieses Ding vollends von ihr Besitz ergriff.

„Hör doch... das ist nicht Jo...!!"

Sie blieb stehen und besah sich Jo näher. Sie sah genauso aus wie sie, hatte dieselben blonden Harre, dieselben Grübchen im Gesicht. Es gab keinen Zweifel. Das war Jo! Und sie war zu ihr gekommen, um wieder alles ins Reine zu bringen.

Chris kam näher, fasste ihr an die Schulter, hielt sie auf. Diese Berührung riss sie aus ihrer Lethargie. Um sie beide herum wurde das Getöse immer lauter, auch die Vibration nahm stetig zu. Es näherte sich... Irgendwas näherte sich... Und das schnell...

Panisch sah er in ihre Augen...

„Komm... Bitte... Du musst mit mir kommen, wir müssen hier raus...!"

Sie sah ihn zweifelnd an... Schaute abwechselnd immer wieder zu ihm und der Gestalt hinter ihr. Ihr Atem ging schnell und ihre Augen füllten sich mit Tränen...

„Ich kann nicht... ich..."

"Was???"

Ungläubig starrte er sie an.

„Der Schmerz... Er wäre zu groß... Ich kann nicht!"

Das Getöse war inzwischen ganz nah, hatte sie beinahe eingeholt. Er flehte sie an.

„Ich bitte dich!!! Tu das nicht... Das ist nicht echt... Du verlierst dich in deinem Schmerz... Vertrau mir doch... Ich bin da... Ich bin real..."

Ihr Herz überschlug sich beinahe, sie konnte kaum einen klaren Gedanken fassen...

„Vertrauen...?! Das tue ich..."

Sie blickte erneut auf die Gestalt auf der Bühne.

„Nicht ihr!!! Vertrau mir... Bitte folge mir. Komm mit mir hier raus. Es tut mir so leid, wir hätten gar nicht hierher kommen dürfen. Lass uns endlich gehen."

Er ergriff ihre Hand und zog sie mit sich. Widerwillig zuerst, dann aber doch voll Panik folgte sie ihm.

Jetzt war sie wieder da, war dem Bann dieses Wesens entkommen. Nun mussten sie nur noch raus. Sie umfasste seine Hand fester, ließ sich von ihm mitziehen.

Folgte das Grollen ihnen? So schnell sie ihre Füße trugen, rannten sie den langen Flur entlang, die Treppe hinunter und aus dem Haus hinaus.

Laut krachend fiel die Tür hinter ihr ins Schloss. Ohne sich noch einmal umzusehen passierten sie die Zufahrt und schlugen das schmiedeeiserne Tor hinter sich zu. Dann war alles still.

Das Haus lag in der Dunkelheit wie zuvor. Nichts deutete mehr auf die Geschehnisse hin, die sich vor wenigen Momenten noch in seinem Inneren abgespielt hatten.

Am Auto angekommen ließ sie sich neben der Fahrertür auf die Knie fallen. Sie atmete schwer und setzte sich anschließend ans Auto angelehnt auf den harten Parkplatzboden. Er tat es ihr gleich. Es dauerte einen Moment, bis sie wieder Atem hatte und ihn mit Tränen in den Augen ansah.

„Es tut mir leid“, flüsterte sie.

Wortlos legte er den Arm um sie und zog sie zu sich.

„Nicht dir sollte es leid tun“, sagte er schließlich. „Doch in Zukunft solltest du wissen, wem du vertrauen kannst.“

Sie nickte stumm und er gab ihr einen sachten Kuss auf ihre Stirn.

So saßen sie eine Weile und gaben sich, jeder für sich, den Gedanken der letzten Nacht hin, während am Firmament ein zarter roter Streifen den nahenden Sonnenaufgang ankündigte.

GEWISSHEIT

Ein verlassener Wald. Graue Nebelschwaden krochen lautlos über den Weg, der mit fauligen Blättern übersät, das Ende des goldenen Herbstes ankündigte. Die Feuchtigkeit, diese kalte Feuchtigkeit, stieg einem in die Glieder, wenn man zu lange auf diesen Wegen wandelte. Düster..., magisch... und verloren... so lag er vor einem, mit einem Portal aus hohen Eichenbäumen, die ihn auf beiden Seiten säumten. Die Sonne im Zenit, tauchte den unheimlichen Weg in ein schummeriges Licht, das für immer zu verlöschen drohte, wenn man nur einen Schritt zu weit ging. In der Ferne krächzte ein Rabe die Düsternis nur noch schneller herbei, begleitet von dem Ruf eines Käuzchens, das die beginnende Nacht ankündigte. Es war ein Wald, in den man freiwillig, und vor allem zu so fortgeschrittener Stunde, keinen Fuß setzte. Und doch taten sie genau das!

Beklommenheit umgab sie, als sie mit ihren Freunden aus dem Auto stieg. Still ließ sie die Szenerie auf sich wirken, ohne wirklich alles genau erfassen zu können. Keine von ihnen sprach ein Wort. Alle spürten die Anspannung genau, die sich von der Sekunde ihres Erscheinens dort, in ihnen ausgebreitet hatte.

Sie waren zu dritt und wollten den kleinen abgelegenen Friedhof besuchen. Und alle drei zuckten gleichzeitig zusammen, als jede von ihnen ihre Autotür zuwarf. Etwas beschämt lachten sie seufzend auf und begaben sich wortlos auf den Weg.

Jede war mit ihren eigenen Eindrücken beschäftigt, musste persönliche Emotionen verarbeiten. Leise knacksten die Zweige unter ihren Schritten, während das Käuzchen unermüdlich rief. Der Rabe war verstummt und beobachte aus großen schwarzen Augen, was unter dem Ast auf dem er saß, vor sich ging.

„Komische Atmosphäre hier“, durchbrach schließlich Mona die Stille.

„Allerdings“, antwortete Galina leise, kaum mehr als körperlich anwesend.

Sie sprach nicht, lief wortlos hinter ihren beiden Freundinnen her und versuchte zu ergründen, welches Gefühl sich gerade in ihr ausbreitete. Sie war gespannt, ein bisschen euphorisch und ... ja und was? Da war noch etwas, doch sie konnte es nicht wirklich einordnen. War es überhaupt ihr Gefühl? Ein Gefühl abwartender Skepsis hüllte sie ein und begrub die anderen beinahe vollständig unter sich.

Nein... das war nicht ihre Skepsis. Immer wieder hatte sie das Gefühl, als würde sie von allen Seiten beobachtet.

Links neben ihr stand ein blondgelocktes Mädchen, mit einer blauen Schleife im Haar. Sie trug ein weißes Kleid, dass ihr bis über die Knie ging und mit einer blauen Spitze am Saum verziert war. Ihre leeren, fast schwarzen Augen lagen tief in den Höhlen und sahen sie stumm an. Sie versuchte dieses Bild zu ignorieren. Es gelang ihr kaum, denn sie spürte genau, wie gern dieses Mädchen ihre Hand genommen hätte. Sie sehnte sich nach Liebe, Zuneigung und Wärme.

Weiter oben, auf einer Anhöhe, bemerkte sie eine weitere Gestalt, riesig groß, dunkel und übermächtig. Und auch diese Gestalt beobachtete die kleine Gruppe, die sich unermüdlich ihren Weg durch den Wald bahnte. Doch diese Gestalt suchte keine Zuneigung und auch keine Liebe. Diese Gestalt war anders. Sie war... der Wächter. Was auch immer hier in diesem Wald festhing, er... sie empfand es als männlich, sorgte dafür, dass nichts diesen Ort je verlassen würde. Niemals! Argwohn, List und Täuschung schlug ihr entgegen und sie schauderte kurz vor Kälte, die ihr durch die Fasern ihres Mantels kroch.

Er würde es ihnen nicht leicht machen. Im Gegenteil...

Sie wusste genau, dass er ihnen, wenn er wollte, ihren Aufenthalt hier zur Hölle machen konnte. Und er wollte... das spürte sie!

Ein paar letzte Sonnenstrahlen schickte der Himmel in die düstere Szenerie und zitternd drangen sie durch die übermächtig wirkenden Bäume, als sie wenige Minuten später das Ziel ihres Ausflugs erreichten. Der Friedhof... ein kleiner Friedhof, inmitten des dunklen Waldes, mit uralten Gräbern über einem Berghang verteilt. Dort wo die Sonnenstrahlen die Grabsteine trafen, strahlten sie fast unwirklich in einem dunklen Grün, von Efeu und Moos. Einige von ihnen waren komplett zugewachsen, über die Jahre umgefallen und zersprungen. Andere lagen vollkommen frei und sahen aus, als hätte ihnen der Zahn der Zeit nicht das geringste anhaben können. Vereinzelt konnte man noch die Grabumrandungen ausmachen, die die einzelnen Ruhestätten voneinander trennten.

Inmitten dieses Ortes der Stille stand, wie zufällig und eigentlich doch wieder nicht, zwischen all den Laubbäumen, ein riesiger Tannenbaum. Es war kalt, es war immer noch so kalt und der Nebel verdichtete sich. In grauen Schwaden hing er in den Bäumen und breitete sich lautlos zwischen ihren Füßen aus.

Mona und Galina griffen in ihre Jackentaschen und holten die Geräte heraus, die sie mitgebracht hatten. Ein K2-Meter und eine Ovilus kamen zum Vorschein. Theorien besagen, dass Energien in der Lage sind, die Umwelt zu verändern, wie elektronische Frequenzen, Temperaturen, Magnetfelder und dergleichen. Die Ovilus, so sagt man, wandelt diese Umweltmesswerte in Worte um. Schon mehr als einmal hatte sie dieses Gerät verwendet und war jedesmal begeistert von den Ergebnissen.

Mona hatte außerdem ihre Fotokamera dabei, mit der sie auch filmen konnte.

Dann verteilten sie sich.

Galina ging mit dem K2-Meter los, Mona machte Fotos und in ihrer Hand begann die Ovilus ununterbrochen Worte auszuspucken. So sehr sie das Gerät mochte, so unnötig empfand sie es in diesem Moment.

Ihr Ziel war klar und es zog sie dort hin.

Sie stieg den Hang hinauf zu einem kleinen Grab, dessen Stein zur Hälfte mit Efeu bedeckt, ganz am Rand des Friedhofs lag.

'LINA' stand in großen Lettern darauf. Sie ging vor dem Stein in die Hocke und wischte etwas Schmutz fort, um die Inschrift besser lesen zu können. Sie fühlte sich so hingezogen. Nur sechs Jahre alt hatte dieses kleine Mädchen werden dürfen. Sechs Jahre in einer Zeit um die Jahrhundertwende. Wer wusste, was sie hier in dieser abgelegenen Gegend erlebt hatte..., was letztendlich zu ihrem Tod geführt hatte? Sie war sich sicher. Lina war das kleine Mädchen, dass sie schon auf dem Weg hierher wahrgenommen hatte, das kleine Mädchen mit der blauen Schleife im Haar.

Während sie da so hockte, wurde es ihr etwas schwindelig und die Ovilus verstummte. Die Punkteleiste am oberen Ende des Displays zeigte nicht einmal mehr Aktivität an. Das Gerät war wie tot. Aber die Umgebung nicht. Sie spürte genau, dass sie beobachtet wurde und begann, leise zu reden.

Mit sanfter Stimme sprach sie zu ihr: „Hab keine Angst... wir sind nicht hier um dir weh zu tun. Wir sind neugierig und wollen dich kennenlernen. Du musst dich nicht fürchten. Du bist schon sehr lange hier, nicht wahr? Warum bist du noch hier?“

Sie versuchte in sich hinein zu hören, doch sie spürte nichts. Entweder war die Kleine so weit vor ihr zurückgewichen, das ihre Energie nicht reichte, um sie zu erfassen oder aber etwas blockierte sie.

Ihre Finger wurden steif, die Hände waren eiskalt. Sie zwang sich, die Augen zu öffnen, um der Situation nicht vollkommen zu verfallen.

Dann wurde sie gerufen. Die anderen Beiden hatten am anderen Ende des Friedhofs ebenfalls einen Kontakt aufbauen können – einen messbaren Kontakt.

„Komm schnell her!“, rief Mona, „das K2-Meter schlägt hier voll aus. Oh Gott!!!“

Sie stand wieder auf, musste kurz durchatmen und warten, bis ihre Knie ihr wieder halbwegs festen Stand boten.

Dann ging sie langsam, auf jeden Schritt bedacht, um nur nicht auf die Gräber zu treten, zu den anderen.

Als sie die Beiden erreicht hatte, hockte Galina gerade neben dem Grab und sprach leise zu einer unsichtbaren Wesenheit. Die Lichter des Gerätes vor ihr zuckten hektisch und zeigten deutlich, dass hier jemand starkes Mitteilungsbedürfnis hatte.

„Kennen wir uns", fragte Galina leise, völlig in sich ruhend.

Das Gerät blieb ruhig.

„Warst du neulich, bei unserem letzten Besuch hier auch schon bei uns?"

Hektisch zuckten die Lichter zur Bestätigung aus.

„Darf ich ein Foto von deinem Grabstein machen?"

Abermals Ausschlag.

Galina machte ihre Sache einfach großartig, sie konnte kaum glauben wie ruhig ihre Freundin dabei blieb.

Währenddessen beobachtete sie die Umgebung um sich herum. Er war immer noch da, er lauerte und plötzlich... Schritte!!! Da waren eindeutig Schritte zu hören. Irgendetwas lief in einem riesigen Tempo den äußeren Rand des gesamten Friedhofs ab. Sie hörte diese Schritte genau, konnte dem Wesen beinahe visuell folgen. Scheinbar ziellos drehte sie sich im Kreis und beobachtete dabei jedoch still, die unheilvolle Macht, die sie einzukreisen schien.

Galina und Mona schienen nichts davon zu bemerken. Sie waren vertieft in ihr Gespräch mit dem anderen Wesen am Grabstein.

Aber sie war wachsam, sorgte instinktiv dafür, dass niemand ihren Freunden zu nahe kam.

„Nichts mehr... es ist still", riss Mona sie plötzlich aus den Gedanken.

„Was?"

„Es hat aufgehört... kein Ausschlag mehr..."

Sie nickte nur stumm und ließ den Blick wieder über den Berghang wandern. Es war noch da, ganz nah, das spürte sie genau.

Nicht die Wesenheiten, die hier mit ihnen Kontakt aufgenommen hatten, waren das Problem, sondern die, die es nicht taten. Sie warteten ab, lauerten den richtigen Augenblick herbei.

Nachdem das K2-Meter verstummt war, teilten sie sich abermals auf. Jede für sich lief die verschiedenen Seiten des Friedhofs ab, war auf ihre Weise fokussiert.

Sie spürte genau, dass der Wächter wusste, dass sie ihn bemerkt hatte und das passte ihm überhaupt nicht. Sie war noch nicht oft in solchen Situationen gewesen, stand, wie sie glaubte, erst am Anfang ihres Lernprozesses und trotzdem breitete sich in ihr ein Beschützerinstinkt aus, den er nicht brechen konnte. Sie würde ihre Freundinnen schützen, würde verhindern, dass er ihnen auch nur zu nahe kam. Aber er würde es versuchen, dessen war sie sich sicher.

Plötzlich rief Galina ihre Freundinnen herbei. Sie stand inmitten eines steinlosen Feldes, in dem nichts den Boden bedeckte als unzählige Pflanzen von Immergrün. Galina stand wie angewurzelt und starrte in die Leere. Keine Minute später waren beide bei ihr.

„Riecht ihr das?“

„Was?“, fragten beide wie aus einem Mund.

„Riecht ihr das etwa nicht? Es stinkt!“

Beide bemühten sich redlich, irgendetwas wahrzunehmen aber an der Luft war nichts ungewöhnlich.

Sie roch... modrig, ja... und etwas feucht, durch den Nebel. Aber Gestank nahmen beide nicht wahr.

„Wie meinst du das? Wie riecht es denn? Nach Verwesung, oder was?“, wollte Mona wissen.

„Nein, nicht Verwesung... ich kann das nicht einordnen, es stinkt einfach nur...“

Währenddessen schlug das K2-Meter in ihrer Hand bis zum Anschlag aus, schien sich überhaupt nicht zu beruhigen. Die Lichter leuchteten bis in den roten Bereich, ohne auch nur einmal abzufallen. Irgendetwas war hier!

Und es wollte sich dringend mitteilen. Endlich ergriff sie das Wort, während Mona und Galina neben ihr verstummten.

„Du musst dich beruhigen... geh ein Stück von uns weg und versuche ruhiger mit uns in Kontakt zu treten, wir können deine Antworten sonst nicht sondern."

Der Ausschlag flachte etwas ab, erlosch jedoch nicht vollständig.

„Hast du Panik?", warf Mona ein.

Voller Ausschlag.

„Willst du uns vor irgendwas beschützen?"

Wieder zeigte sich voller Ausschlag und sie wusste nur zu genau, was die Wesenheit meinte.

Plötzlich neigte sich Galina neben ihr nach vorn und hielt sich den Bauch.

„Was ist?", fragte Mona besorgt

„Ich hab plötzlich so Bauchkrämpfe..."

Ihre Stimme brach ab.

„Jetzt reicht's...!!!"

Sie hatte eine Entscheidung getroffen! Die Zeit der Spielchen war jetzt vorbei. Sie hatten abgewartet, sich gegenseitig beobachtet und gelauert. Aber wenn er jetzt der Meinung war, sie herausfordern zu wollen, indem er ihrer Freundin weh tat, konnte er seinen Willen haben. Sie fühlte sich stark und sie würde ihm alles entgegensetzen, was sie in diesem Moment zu bieten hatte. Ging er an die Menschen, die sie lieb hatte, ging er eindeutig zu weit.

Sie legte ihre Sachen ab und setzte sich etwas von Galina und Mona entfernt auf den Waldboden, verschränkte die Beine zu einem Schneidersitz und legte ihre Hände locker auf den Oberschenkeln ab.

Das, was sie jetzt vorhatte, hatte sie bisher nur ein paar Mal in ihren eigenen vier Wänden gemacht. Das hier und jetzt würde eine ganz andere Hausnummer werden, das spürte sie genau und doch war sie zu allem bereit.

Sie schloss die Augen und konzentrierte sich, sie spürte genau, wie ihr weißes Licht, ihr Schutz, ihren Körper verließ.

Ihre Augen flackerten und dann war er da! Er wehrte sich, legte sich mit aller Macht, die er hatte, auf ihren Armen ab. Immer schwerer lasteten sie auf ihren Oberschenkeln. Ihr Herz stolperte. Sie spürte, dass er versuchte ihr Angst zu machen und doch hielt sie, mit allem was sie hatte, dagegen. Immer schwerer wurde die Last auf ihr, immer mehr stolperte ihr Herz. Sie hörte Mona hinter sich.

„Oh Gott... merkst du wie kalt es wird? Ich sehe meinen Atem!!“

'Nicht aufgeben', schoss es ihr durch den Kopf, während der Wächter ihr weiter zusetzte, 'halt durch!“

Und sie hielt durch. Die Welt um sie verschwamm in einen grauen Raum und sie ließ ihr weißes Licht dort hinein strömen. Es kostete unendlich viel Kraft, sie spürte die Erschöpfung – und brach ab. Sie öffnete die Augen und atmete tief durch, musste sich kurz sammeln.

Doch sie spürte auch, dass es noch nicht gereicht hatte. Er war noch da, nicht mehr ganz so stark wahrzunehmen, wie vor ein paar Momenten noch, aber doch spürbar.

Einige Sekunden später war sie wieder bei Kräften und startete einen zweiten Versuch. Dieses Mal war es aber bei weitem nicht so schwer. Seine Kräfte hatten scheinbar auch nachgelassen. Sie war in der Lage, ungehindert ihr Licht auszufahren, spürte keine Schwere auf den Armen und auch ihr Herz stolperte nicht mehr. So saß sie einige Minuten noch und trat mental in einen Monolog.

'Ich möchte, dass du uns in Ruhe lässt! Ich möchte, dass du die anderen Energien hier in Ruhe lässt und ich möchte, dass du hier bleibst!

Wenn wir gleich gehen, wollen wir nicht, dass du uns folgst. Wir werden gehen und du bleibst!'

Dann öffnete sie wieder die Augen und sah sich um. Mona stand noch hinter ihr.

„Und... wie ist es jetzt? Noch irgendwelche Ausschläge?“

Mona schüttelte still den Kopf.

„Alles weg“, sagte sie leise.

Galina war währenddessen den Hang schon herab geklettert. Was ihr aber auffiel, war, dass ihre Freundin wieder gerade gehen konnte.

„Wie geht es dir jetzt?“, rief sie ihr zu.

„Komisch noch... aber besser. Lass uns gehen... ich will hier weg!“

Sie stand vom Waldboden auf und klopfte sich die Hose ab. Noch einmal sah sie sich still um. Sie musste noch einmal zum Grab von Lina. Also beschloss sie, einen kleinen Umweg zu gehen und ihren Freunden einen Vorsprung zu lassen.

Sie hockte sich neben den Stein und strich sanft mit den Fingerspitzen darüber. Sie konnte nicht sagen, was das war aber sie fühlte sich mit diesem kleinen Mädchen so sehr verbunden, dass es ihr unendlich schwer fiel, sie hier zurück zu lassen. Tat sie das? So sicher war sie sich da nicht. Etwas wehmütig ließ sie den Blick über die Buchstaben streifen, wusste instinktiv, dass sie nicht das letzte Mal hier gewesen war und erhob sich dann dennoch, um ihren Freundinnen zu folgen.

Ohne zu wissen warum, fühlte sich ihr Herz unendlich schwer an, als sie diesen Ort der Stille nun verließ.

Sie war kaum 20 Meter gelaufen, als Galina plötzlich wie angewurzelt stehen blieb.

„Was ist ?“, wollte Mona wissen.

„Er ist wieder da! Der Geruch und meine Bauchkrämpfe kommen auch zurück.“

Auch das K2-Meter schlug wieder aus. Irgendetwas wollte sie begleiten. Sie nahm ihrer Freundin das Gerät ab und hielt es in die entgegengesetzte Richtung von Galina weg – Nichts!

Als sie es wieder zu ihrer Freundin hielt, war der Ausschlag wieder da.

„Du darfst nicht mitkommen“, sagte sie schließlich und ging damit in einen offenen Monolog, „du musst hier bleiben.“

Augenblicklich hüllte eine tiefe Traurigkeit sie ein. Ihr stiegen die Tränen in die Augen und sie musste sich sehr zusammenreißen, sich diesen Gefühlen nicht hinzugeben.

Es waren nicht ihre, das spürte sie ganz genau. Was auch immer sie begleiten wollte, war sehr traurig, weil es zurück geschickt wurde.

„Wie versprechen es dir, wir kommen wieder!“

Das K2-Meter zeigte einen zarten Ausschlag und plötzlich hatte sie die Frage 'Wirklich?' im Kopf.

„Ja, wirklich...“, antwortete sie instinktiv. „Versprochen... wir kommen zurück.“

Sie spürte, wie sich die Energie von ihnen entfernte, nahm sie plötzlich einige Meter hinter ihnen auf dem Weg wahr.

„... du darfst nicht traurig sein, geh zurück, bitte.“

Dann war das K2-Meter still und auch die Traurigkeit ließ etwas nach.

„Es ist weg!“, sagte sie leise und dann setzten sie ihren Weg zum Auto fort.

Still in Gedanken versunken, sprach keine ein Wort. Dieser Ausflug hatte eine Menge Eindrücke geschaffen und noch mehr Kraft gekostet. Sie war überwältigt von dem was geschehen war und sie wusste, dass sie einen weiteren Meilenstein in ihrer Entwicklung geschafft hatte.

Sie dachte still an den Ausflug zum alten Klinikgelände und die Worte ihres Tourguides: 'Du wirst deine Antworten finden... alles zu seiner Zeit. Dafür brauchst du niemand anderen... nur dich... und deine innere Stärke. Hab Vertrauen... und ein bisschen Geduld. Der Rest kommt von allein...'

Wie Recht er doch gehabt hatte und wie viel seit diesem Tag geschehen war. Sie dachte an die Berührung, an seine Hand auf ihrer und an das Verständnis und Selbstbewusstsein, was er ihr damals vermittelt hatte. Er hatte ihr ihre Grenzen aufgezeigt, er hatte ihr geholfen zu verstehen und somit das eben Geschehene letztendlich möglich gemacht. Sie verspürte unendliche Dankbarkeit und wusste, dass noch viele dieser Erlebnisse da draußen auf sie warteten.

Still lächelte sie in die Dunkelheit hinein... während die Ovilus in Mona's Hand die Worte: „Hunt“ und Chief“ ausspuckte...

ZULASSEN

Und so findet seinen Abschluss, was vor Monaten begann. Die Sonne im Zenit, mystische Musik im Ohr, sitze ich hier und starre die Zeilen dieser einen, dieser letzten Geschichte an. Die letzte Geschichte? Eigentlich war es die allererste Geschichte. Die Geschichte, mit der alles begann. Hier fanden die Streifenlichter ihren Anfang. Es war ein Aufblitzen von Gefühlen, ein Hauch von zarten Bildern in meinem Kopf. Es war ein Nachdenken, es war ein in Insichgehen. Es waren Empfindungen die mich Zeit meines Lebens begleitet haben, der rote Faden, der sich vorherbestimmt durch mein Leben zog und zu dem Menschen machte, der ich bin.

Der Weg war steinig, gefüllt von Angst und Misstrauen. Es war ein Weg durch tiefe Täler und erklommenen Höhen. Ein Leben gefüllt von Enttäuschungen und unendlich empfundener Liebe.

Nun sitze ich hier an meinem Schreibtisch. Das Rollo meines Dachfensters ist nur halb geöffnet und eine untergehende Herbstsonne scheint zitternd durch die Zweige riesiger Ahornbäume am Rande unseres Grundstücks.

Ich versuche in mich zu gehen, schließe die Augen, bereit mich auf alles einzulassen, was, so vorhersehbar im Rückblick, seine Bahnen zog. Vertrauen! Ein urmenschlicher Instinkt, mit dem wir als Babies schon geboren werden. Zu Beginn haben wir keine Wahl. Wir vertrauen einfach. Wir vertrauen darauf, dass die Menschen, die uns das Leben schenken, immer für uns da sein werden. Wir vertrauen darauf, dass sie es immer können werden. Irgendwann begreift man vielleicht, dass man darauf nicht vertrauen darf, weil man sich sonst komplett verliert. Es ist notwendig seinen eigenen Weg zu finden und weiter zu gehen. Einfach weiter...

Ich habe diesen einen, meinen Weg gefunden. Niemals würde ich behaupten, dass es leicht gewesen wäre, ihn ohne zu Zaudern zu gehen. Zweifel, Ängste und Misstrauen haben einen Großteil meines Weges bestimmt - bis heute.

Ich halte diese Gefühle für notwendig, denn sie lassen vorsichtig werden. Gebrochene Herzen heilen sehr langsam, vielleicht niemals so ganz.

Ich habe beschlossen, darauf zu achten, dass meines nicht zu oft bricht. Und doch haben meine Erfahrungen mich eines gelehrt: Wenn du willst, dass man sich dir öffnet, dann öffne dich auch. Wenn du willst, dass man dir gibt, musst du bereit sein selbst zu geben. Es ist immer ein Risiko von dir selbst zu geben, da du nie weißt, wie dein Gegenüber mit deinen Gaben umgehen wird. Und doch war, bin und werde ich immer wieder bereit sein, dieses Risiko einzugehen.

So ist das auch mit den Empfindungen, die im Laufe der letzten Monate so unendlich stark zugenommen haben. Stück für Stück war ich bereit, immer mehr von mir zu geben. Ich war bereit, mich darauf einzulassen und ein Stück weit auch anzuwenden. Dieses gesunde Urvertrauen in mir wuchs nach vielen Jahren der Selbstverleugnung und der versteckten Instinkte. Es führte mich zurück auf meinen Weg zur Erkenntnis. Zu dieser einen Erkenntnis, dass alles so kommen wird, wie es kommen soll. Man muss nur die nötige Geduld mitbringen – ich gebe zu, nicht gerade eine meiner Stärken.

Aber auch ein Mensch, der scheinbar in sich ruht, muss irgendwelche Schwächen haben. Es geht nicht ohne. Ohne eigene Schwächen, die wir bereit sind zu erkennen und zuzulassen, verlernen wir zu lernen. Und ich habe noch so viel zu lernen. Ich bin überzeugt davon, dass wir unser ganzes Leben lang lernen, denn die Menschen, denen wir begegnen, bringen uns dazu. Auf meinem Weg des Lernens bin ich Menschen begegnet, die mich mal mehr und mal weniger geprägt haben aber immer haben sie ihre Spuren in meinem Herzen hinterlassen.

Sie haben mich Dinge gelehrt, von denen ich bis heute zehre, haben mich Entscheidungen treffen lassen, die mich nur wieder ein Stück weiter auf meinen Weg gebracht haben. Sie haben mir Erfahrungen gebracht, die mich heute noch stolz lächeln lassen, wenn ich daran zurück denke. Eine dieser Erfahrungen ist die mit einer einsamen, alten Frau, die ich wohl mein ganzes Leben nicht mehr vergessen werde.

Es ist eine Geschichte gefüllt von Traurigkeit, von Argwohn und doch am Ende von großer Zuversicht geprägt.

Doch ich will am Anfang beginnen:

Dicke weiße Wolken schoben sich über den azurblauen Himmel. Ich fuhr mit ihrem Auto vorbei an hohen Bäumen, die ihr sattes Grün in den Himmel ragten. Die Luft roch nach Frühling und im Auto übertönte mein Lieblingslied die Stille. Ich lächelte, war glücklich. Ich liebte diese Momente und es gab inzwischen wieder sehr viel mehr von ihnen.

Nach langer Zeit war ich wieder in der Lage, sie zu empfinden. Diverse Veränderungen in meinem Leben hatten mich sehr viel zufriedener werden lassen, hatten mir geholfen, vieles sehr viel zuversichtlicher zu sehen. Nicht zuletzt verantwortlich für diese Veränderung war eine Gruppe von Menschen, mit der ich schon seit ein paar Monaten meine freie Zeit teilte... vor dem Fernseher. Menschen, die mir gezeigt hatten, dass es Dinge zwischen Himmel und Erde gibt, die nicht so einfach erklärt werden können und doch täglich um uns herum sind. Ich wusste es... im Grunde hatte ich es schon immer gewusst, nur hatte ich in den Jahren meines Lebens dieses Wissen tief in meinem Inneren hinter einem dicken Schloss namens „Unsinn“ verborgen.

Doch nun gab es da diese Menschen, die mir seit einigen Monaten regelmäßig zeigten, dass dieser Unsinn gar nicht so unsinnig war und ich war immer mehr bereit, das Schloss zu öffnen und mein verstecktes Wissen, die Empfindungen wieder hervor zu holen.

Es konnte so dumm ja gar nicht sein, wenn sich auch andere Menschen mit diesen Dingen befassten. Menschen, die, wie ich fest im Leben standen und Familien hatten.

Nach und nach war ich mir meiner Fähigkeiten bewusster geworden und hatte gelernt, sie zugelassen..., hatte keine Angst mehr vor ihnen, wie vor ein paar Jahren noch.

An diesem Tag war ich berufsbedingt auf dem Weg zu einer alten Dame. Ich wusste nichts von ihr, außer dass sie unter bestimmten Wahrnehmungen, sogenannten Halluzinationen litt.

'Die Einsamkeit hat sie etwas schrullig werden lassen'.

Das waren die Gedanken, die ich in mir trug und das war auch alles was ich an „Vorurteilen“ in meinem Denken zuließ.

Als ich mit mit meinem Auto vor dem alten, grauen Haus mit dem verwilderten Garten zum Stehen kam, nahm ich mir einen Moment, um alles auf mich wirken zu lassen. Dörre alte Bäume standen auf dem Grundstück verteilt, die vertrockneten Äste hätte man längst zurück schneiden müssen. Der ehemals grüne Rasen war inzwischen grau, ebenfalls ein Opfer der Vernachlässigung, die sich beinahe greifbar über das gesamte Areal legte.

Eine geheimnisvolle Aura umgab das Haus, ein bisschen düster zwar, aber auch freundlich und einladend. Alte, wirklich in die Jahre gekommene Gardinen hingen vor Fenstern mit eher grauen statt weißen Fensterkreuzen. Die Ziegel auf dem Dach waren alt und hier und da gebrochen. Aus dem bröckelnden Schornstein zog feiner Rauch in den Himmel. Eine alte Scheune mit einem Tor aus dunkelbraunem Holz begrenzte das Gehöft am anderen Ende des Gartens. Davor stand, vollkommen eingewachsen, ein alter Traktor mit gebrochener Achse.

Tief atmete ich ein, hatte augenblicklich Bilder aus wesentlich glücklicheren und eindeutig lebhafteren Tagen im Kopf. Eine leichte Traurigkeit nahm mich einen Moment lang gefangen, bevor ich zaghaft am Hoftor klingelte und dann den Garten betrat.

Langsam ging ich auf die alte Haustür zu. Die Farbe blätterte von ihr ab, die Klinke war rostig. Sicher hatte sich schon länger niemand mehr wirklich um das Haus gekümmert..., nicht mehr kümmern können.

Mit unsicherem Blick, die grauen Haare zu einem Dutt gebunden, stand die Frau, auf einen Gehstock gelehnt, am oberen Ende der Treppe. Nachdem wir uns kurz bekannt gemacht hatten, wies sie mich wortlos an, hereinzutreten.

Es war kühl in dem Haus, aber nicht physisch. Die Kälte, die sich in mir ausbreitete, hatte einen ganz anderen Ursprung, das konnte ich ganz deutlich spüren. Wir setzten uns. Es war so traurig mit anzusehen wie viel Angst, Argwohn und Trauer ihr offensichtlich auf der Seele lastete. Ich sprach leise zu ihr, versuchte behutsam, sie kennenzulernen.

Ich wusste, dies würde kein Termin werden, wie jeder andere. Hier würde ich Zeit brauchen und ich würde mir diese Zeit nehmen. Nichts konnte in dem Moment wichtiger sein, als diese alte Dame und ihre Ängste.

In ihrem Gesicht, in jeder einzelnen Falte, las ich die Erinnerungen und Erfahrungen eines ganzen Lebens. Konnte ihre Geschichten beinahe greifen, die sie hinter traurigen und eingeschüchterten Augen zu verbergen versuchte. Ich versuchte ihr Vertrauen zu gewinnen, indem ich ihr ein bisschen von mir erzählte. Sprach davon, wie schön der Garten früher mal gewesen sein musste.

Es dauerte eine zähe halbe Stunde, bis die alte Dame endlich begann von sich zu erzählen. Auch sie erzählte von früher. Erzählte, wie prachtvoll ihr Garten einst gewesen war, wie viel Blumen über das ganze Jahr immer geblüht hatten, wie viel Obst und Gemüse sie und ihr Mann stets hatten ernten können.

Als sie von ihrem Mann sprach verfinsterte sich ihr Blick wieder und sie senkte still den Kopf. Glänzend schimmerte eine Träne in ihrem Augenwinkel. Er war schon vor vielen Jahren verstorben und doch fehlte er ihr noch immer jeden Tag, das konnte ich deutlich spüren.

„Die Leute reden, wissen sie…“, fuhr sie zögernd fort, „sie sagen, ich wäre verrückt geworden!“

Sie stockte kurz und sprach dann leise weiter. Sie erzählte von schaurigen Stimmen, die sie immer wieder hören würde, von bösen Gnomen, die sie jagen würden.

Geduldig hörte ich zu, ohne sie zu unterbrechen. Und dann erzählte sie, was ich schon seit meiner Ankunft geahnt hatte, nämlich, dass ihr Mann mehrmals in der Woche bei ihr sein würde. Er wäre lieb zu ihr, würde sich mit ihr unterhalten. Manchmal wäre er traurig… traurig, dass sie nicht zusammen sein konnten. Kurz sah sie auf, musterte mich, versuchte zu erkennen, ob auch ich mich lustig machen würde. Doch das tat ich nicht. Ich wusste ganz genau wovon sie redete. Sie war alles andere als verrückt. Sie war einfach nur einsam und traurig und ich fühlte jede Sekunde ihrer Trauer mit. Das Herz wurde mir so unendlich schwer, spürte wie ein großer Kloß sich in meiner Kehle ausbreitete.

Dann senkte sie erneut den Blick und atmete tief durch. Ich beschloss, dass ich an der Situation etwas ändern musste. Musste handeln, bevor die Verzweiflung und die Trauer uns beide komplett überrollte.

Schließlich fragte ich sie, ob sie mir nicht einmal das Haus zeigen wollte. Sie stimmte still nickend zu.

Langsamen Schrittes kämpfte sie sich mit ihrem Stock durch die, in die Jahre gekommenen, Räume. Schon sehr, sehr lange hatte in diesen Räumen niemand mehr etwas getan. Es war so kalt und ich fröstelte leicht. Wie magisch zog es mich in einen dunklen Flur, an dessen Ende sich die Tür zum Schlafzimmer befand. Wir betraten den Raum und auf dem Tisch stand das Bild des Mannes, den sie noch immer so schmerzlich vermisste. Des Mannes, der schon seit 17 Jahren tot war und sie doch noch so oft besuchte. Lieb sah er aus, mit Augen die vertrauen ließen und liebevoll wanderte ihr Blick über dieses Foto. Ich spürte diese tiefe Zuneigung, die von diesem Moment ausging.

Ein bisschen beneidete ich sie dafür, dass sie nach all den Jahren immer noch in der Lage war, eine so unendliche Liebe zu spüren.

So verrann die Zeit und allmählich mussten wir uns verabschieden. Langsam gingen wir in den Flur zurück. Ich ging als Letzte und beim Schließen der Schlafzimmertür durchströmte mich plötzlich eine Wand aus purer Energie. Plötzlich wurde es mir schwindlig und zugleich ganz heimelig warm. Ich wusste augenblicklich, wer hier versuchte den Kontakt aufzunehmen. Ich schloss kurz die Augen und atmete schwer, rang kurz nach Luft. Nachdem ich mich wieder gefangen hatte, zog ich mir meine Jacke über und beschloss etwas zu tun, dass ich noch nie in meinem Leben vorher getan hatte. Und doch war das der Moment, auf den ich mich insgeheim, seit Zulassen meiner Empfindungen, über viele Monate vorbereitet hatte. Als ich bereit war zu gehen, ging ich zu dem alten Schaukelstuhl, in dem die Frau wieder Platz genommen und ihre faltigen Hände in den Schoß gelegt hatte.

Ich umfasste sie mit meinen und sah ihr mit festem Blick in die Augen.

„Ich wünsche Ihnen alles Gute“, sagte ich leise. „Und wenn die Stimmen mal wieder zu laut und bedrohlich werden, hören sie auf Ihren Mann. Er ist lieb und meint es gut mit Ihnen. Er wird Ihnen nicht wehtun.“

Wir sahen uns einen Moment lang still an. Meine Kehle war wie zugeschnürt und ich versuchte die Tränen zu unterdrücken, die in dem Moment versuchten, sich ihren Weg zu bahnen. Dieser Moment war pures Gefühl. Pure Liebe und Dankbarkeit durchströmte mein Herz. Ich konnte nur still erahnen von wem das ausging. Und zum ersten Mal seit unserer Begegnung hellte sich ihr Blick einen Moment lang auf. Und... sie lächelte... für einen kurzen Moment lächelte die alte Dame mich an und da wusste ich, dass ich alles richtiggemacht hatte.

Ich verabschiedete mich leise und schweigend winkte sie mir nach.

Ohne dass sie ein Wort sagen musste, spürte ich ihre Dankbarkeit in meiner Seele und bis heute bin ich mir sicher, dass es nicht nur ihre Dankbarkeit war, die wie ein Funken stiller Freude eine zarte Spur auf meinem Herzen hinterließ.

Am Auto angekommen richtete ich meinen Blick in den blauen Himmel, an dem noch immer dicke, weiße Wolken ihre Bahnen zogen. Dann stieg ich ein und fühlte meine eigene tiefe Dankbarkeit in mir... Dankbarkeit für die Menschen, die möglich gemacht hatten, dass dies eben geschehen konnte, die mir eine Welt wieder nähergebracht haben, die ich so lange von mir weggeschoben hatte...

Es sind Menschen, die mir das Selbstvertrauen gegeben hatten, den „Unsinn" zu zulassen und daran zu wachsen.

Und seit dem Tag weiß ich es... es war nur der Anfang... der Anfang einer Reise, die ich nun bereit bin anzutreten, jeden Tag aufs Neue!!!

ENDE

Epilog und Danksagung

„...Nobody said it was easy, no one ever said it would be so hard, I'm going back to the start ...“

Diese Worte aus dem Song „The Scientist“ von Coldplay spiegeln wohl genau das wieder, was unter dem Strich mein Leben auszeichnet. Egal wie hart und wie steinig mein Weg durch durch Höhen und Tiefen war, aufgeben war nie eine Option und wird es auch nie sein. Schaue ich auf die Seiten dieses Buches, erkenne ich, dass genau diese, meine Erlebnisse, mich zu dem Menschen gemacht haben, der ich heute bin. Niemand hat gesagt, dass es leicht werden würde. Es hat auch niemand gesagt, dass es so schwer werden würde aber egal was kommt, ich gehe immer wieder zurück zum Start.

Auf eines konnte ich mich auf meinem Weg (fast) immer verlassen – mein Bauchgefühl. Sicher hat es auch da mal die eine oder andere Enttäuschung gegeben. Das ist völlig normal, denn wenn es nicht so wäre, könnte ich die Lottozahlen erahnen und lebte heute als Millionärin in der Südsee...

Manchmal war es so, dass gerade menschliche Emotionen mich blind werden ließen und ein beinahe schon ungesundes Urvertrauen dem Bauchgefühl im Wege stand.

Doch trotz der größten Enttäuschungen im Leben habe ich eines nie verloren – meinen Instinkt.

Dieser Instinkt hat mich Zeit meines Lebens begleitet und wird auch weiterhin bei mir sein. Er hat mich meine Wegbegleiter auswählen lassen, die bis heute an meiner Seite sind. Über jeden einzelnen bin ich ohne Ende dankbar.

***

Der erste Mensch, dem ich jemals von meinen Empfindungen erzählt hab, war mein Mann. Seit über 14 Jahren ist er nun an meiner Seite und mit jeder „komischen" Geschichte kann ich zu ihm kommen. Wir leben gemeinsam, halten zusammen und werden jeden noch so schwierigen Weg als Einheit gehen. Ich könnte mir niemand anderen vorstellen, mit dem ich unsere Tochter auf das Leben vorbereiten möchte.

Marco - Ich danke dir dafür, dass du mir zuhörst, mir den Kopf zurecht rückst und immer an mich glaubst. Du bist der beste Ehemann und Vater, den ich mir wünschen kann.
Ich liebe Dich!!!

***

Noch viel länger in meinem Leben als mein Mann und mehr Schwester als Freundin ist die eine, die mich als einzige durch jedes einzelne Tal und über jede Höhe begleitet hat. Sie war, ist und wird immer die Eine sein, die in meinem Herzen, meinem Leben und überhaupt überall immer einen Platz haben wird. Seit über 36 Jahren ein Teil meines Lebens und nicht mehr weg zu denken – egal wie weit die Wege uns manches Mal getrennt haben und vielleicht noch trennen werden.

Nette – du bist mein Halt und ich brauch dich an meiner Seite. Danke dafür, dass ich mir gewiss sein kann, dass du dort auch immer sein wirst.

***

Sehr viel kürzer an meiner Seite aber ebenso wertvoll, weil sie immer eine objektive Sicht auf die Dinge behält.

Jana – danke für die geduldig ertragenen Monologe beim Ballett unserer Kinder und dem ratsamen Zuspruch in schwierigen Zeiten. Ohne dich hätte ich in manchen Situationen viel impulsiver reagiert, als es gut gewesen wäre.

***

Ein Mensch, den es gefühlt schon immer in meinem Leben gegeben hat und doch erst seit einigen Jahren meinen Weg begleitet. Eine Begegnung, die zu machen, alles verändert hat. Durch ihn fing ich an nachzudenken, zu vertrauen, zu hinterfragen und mich einzulassen. Heute ist er nicht mehr weg zu denken.

Daniel – ohne dich wäre ich nicht da, wo ich heute bin. Ohne dich gäb es die Streifenlichter nicht. Manchmal ist es so, dass Freundschaft nicht vieler Worte bedarf. Wie bei einem alten Indianer genügt ein Satz, der die Weisheit eines ganzen Lebens in sich trägt... Danke für viele, auf den Punkt gebrachte, Erkenntnisse und fürs einfach da sein!

***

Mein Ruhepol in stundenlangen Telefonaten und persönlichen Gesprächen bis tief in die Nacht. Noch nicht lange auf meinem Weg dabei und doch so wertvoll geworden.

Katja – Tränen, die beim Tschüss sagen geweint werden, lassen nur die Vorfreude auf das nächste Mal größer werden. Danke für DICH!!! Du bist ein wichtiger Teil meines Lebens geworden und ich möchte dich nicht mehr missen.

***

Eine Mentorin, eine Beraterin oder eine Freundin? Sie ist alles in einem und ich konnte so wahnsinnig viel von ihr lernen. Du hast mir Möglichkeiten aufgezeigt und Lösungen geboten. Du hast mein Selbstvertrauen gestärkt und mir gesagt, wie stolz du auf mich bist. So wichtige Worte, von einem wichtig gewordenen Menschen.

Ela – danke fürs Auffangen und Verstehen! Danke für jede Minute Geduld bei tausend Fragen!!!

***

Last but not least... ich könnte ewig so weiter machen. Ich danke so vielen Menschen in meinem Leben, die es geprägt haben und mich dazu.

Danke an meine Eltern, meinen Bruder und den Rest meiner Familie.

Danke an Andrea und Micha - wir sehen uns viel zu selten, hab euch lieb und vermisse euch!

Danke an Ulrike - für die stundenlangen Sprachnachrichten auf scheinbar endlosen Begutachtungstouren und für deine volle Hose beim Geisterakten schauen.

Danke an den Rest des gesamten Geisteraktenteams – ich hab euch ohne Ende gern und möchte euch nicht mehr missen!!!

13239586R00097

Printed in Germany
by Amazon Distribution
GmbH, Leipzig